二十四只眼睛

〔日〕壶井荣 著　张苓 译

南海出版公司

新经典文化股份有限公司
www.readinglife.com
出　品

目 录

1 小石老师

21 魔法桥

39 米五合，豆一升

61 分别

78 花之绘

95 月夜之蟹

118 振翅高飞

138 层层叠叠

156 爱哭鬼老师

176 在那个晴朗的日子里

200 后记

小石老师

假如以十年为一个年代，那么这个故事发生在两个半年代前。那时人们重新修订了选举章程，诞生了普选法，并在二月举行了第一次选举。这个故事发生在选举后第二个月，也就是一九二八年的四月四日。这一天，有位年轻女教师前往濑户内海边上这个典型得不能再典型的贫穷小渔村去任教。

这个小村子只有百来户居民，位于细长海角的尖端。海角将入海口围成内湖一样的形状，村民要去对岸村镇时，得坐小船摆渡或沿着崎岖蜿蜒的山路一步一步走过去，交通极其不便。所以小学生们在五年级之前，在村里的分校上学，升入五年级后，再转去五公里外的总校上课。

走这五公里的路，手工编的草鞋一天就会穿破。孩子们都拿这件事来炫耀。每天清晨穿上新草鞋，当然是很开心的事情。

自己动手编草鞋，成为孩子们升入五年级后的一项工作。星期天他们经常聚在某个同学家里，开开心心地编草鞋。

小孩子们在一旁羡慕地看着，不知不觉学会了如何编草鞋。对那些小孩来说，升入五年级就意味着可以自立了。

但是分校生活也很快乐。分校有两位老师，一位是年纪很大很大的男老师，另一位一定是年纪轻得像孩子似的女老师。很久以来一直是这样的组合，好像定了什么规矩似的。

男老师住在办公室隔壁的值班室，女老师要走很远的路来上班；男老师负责三四年级，女老师负责一二年级和所有学生的唱歌课、四年级女生的缝纫课。这些也都是很久以来的规定。

学生们称呼老师也从不带姓氏，一直叫“男老师”“女老师”。年长的男老师指望着将来的退休金，能安心地上课，女老师正相反，工作一年，最多不过两年就转到别处去了。也有传闻说，这个海角村分校是教了一辈子书却当不上校长的男老师最后任教的地方，也是新入职的老师最初的磨炼的地方。这种说法不知是真是假，不过大致是真的吧。

一九二八年四月四日的清晨，海角村五六年级的学生们正匆匆忙忙地赶往五公里外的总校。大家都为各自升了一级而欣喜，步伐也格外轻快。

书包里换了新的教科书，从今天开始要在新的教室里跟着新老师上课，这种期待使平常走惯了的山路也有种新的感觉。

更让人开心的是，今天还会在这条路上遇见新来分校入职的女老师。

“这次的女老师，是怎样的家伙啊？”

故意粗野地用“家伙”来称呼女老师的，是那些高等班（相当于现在新制初中）的男学生。

“听说这次又是个刚出女校的黄毛丫头！”

“这么说，又是个半吊子老师啊。”

“反正来咱们海角村的不就是这些半吊子吗？”

“咱们这样的穷村子，除了来个半吊子还能怎样！”

有些试用教员（现在大概称作助教了）并非从正规师范学校毕业，而是从女校毕业的，毒舌的大人会叫她们半吊子。小孩子们模仿着这么说，仿佛自己也长大了，其实并没有恶意。

不过，今天第一次走这条山路的五年级孩子刚加入这个团队，还有些不好意思，只是一个劲地眨巴着眼睛在边上听。就在这时，依稀可以看清对面走过来的人了。

“呀！女老师！”五年级的孩子最先欢呼起来。

那是前不久还在教他们的小林老师。她平时在路上遇到孩子们，也只是点点头还礼，今天却站住了，恋恋不舍地挨个打量孩子们的脸。

“今天真的要和大家告别了。以后就不会再在这条路上遇到你们了，大家要好好学习啊！”

那诚恳的语调让几个女孩子感动得两眼泪汪汪。只有这位小林老师打破了此前的惯例，前任老师生病辞职后，她在海角村工作了三年半，一直没有离开。在这里遇到的学生都是小林老师教过的。

本来，调换老师这类事情都是到了新学期开始那一天才能知道，小林老师却早在十天前就告诉了学生。

三月二十五日，她去总校参加修业典礼回来后，就站在现在这个地方和大家告别过，还送给每人一盒牛奶糖。所以，大家今天光想着能在这条路上遇到新来的女老师，却没想到先遇到了小林老师。想必小林老师今天要去分校，和那里的孩子们告别。

“老师，这次来的新老师呢？”

“那个……马上就该来了吧。”

“这次的老师是什么样的？”

“我还不清楚呢。”

“又是女校毕业的？”

“我真的不知道。不过，大家可不能淘气哦。”

小林老师说着笑了。她工作第一年常常在路上被淘气的孩子捉弄，有时气得当着学生的面就哭了起来。虽然把她气哭的孩子已经不在这里了，但在这里的都是他们的弟弟和妹妹。来海角村的女老师由于年纪轻，加上对环境不熟悉，总会被孩子们惹哭一次，这在去总校上学的孩子中间成了一个传说。

小林老师教了他们近四年，她的后任会是怎样的人呢？孩子们的好奇心又起来了。和小林老师分手后，他们一边期待着前方即将到来的新老师，一边准备作战。

“听说是白薯女中的，对付得了吗？”

“不是白薯女中的话，怎么办？”

“一定是白薯女中的！”

孩子们口中的白薯女中，是指本地一所女子中学。这一带盛产白薯，那所女子中学就在白薯地中间，所以大家给它起了这么一个外号。小林老师就是那所白薯女中毕业的。

孩子们以为这次来的女老师也是白薯女中的。要来了吧，看到了吧。每次走到转弯处，孩子们就向前方张望，可始终没有看到他们期待的白薯女中毕业的年轻新老师。不一会儿，他们来到了村子边上宽敞的县道。走上县道的瞬间，他们拔腿就跑，再也顾不上想什么女老师了。

那是因为看惯了的挂在路旁旅店门口的大钟比平时多走了十分钟。不是时钟多走了，而是他们在路上和小林老师站着说话耽误了时间。大家拼命地跑，背着或夹着的书包里，铅笔盒哐当作响，地上尘土飞扬。

那天回家的途中，走到从县道转向海角村的山路上时，大家再次想起了女老师。这时，对面正好又走来了小林老师。老师穿着长袖和服，袖子甩来甩去，两只手奇怪地摆动着。

“老师！”

“女老师！”

女孩子们都跑上前去。老师的笑脸越来越清晰，大家这才发现老师的双手拉着一根看不见的绳子，不由得都笑了。老师真的就像扯着一根绳子似的，两手交替摆动，她站住后将大家招呼到身边。

“老师，这次的女老师来了吗？”

“来了呀，怎么了？”

“还在学校里吗？”

“呀，你问这个啊。她今天是坐船来的。”

“嗯，这么说，她又坐船回去了？”

“是啊，她还劝我一起坐船回去呢，不过老师还想再看看你们，就拒绝了。”

“哇！”

女孩子们开心地欢呼，男孩子们笑嘻嘻地看着。过了一会儿，有个孩子问：

“这次的老师，是什么样的老师呢？”

“是一位很好的老师，很讨人喜欢。”

小林老师的表情好像是忽然想起了什么。

“白薯女中毕业的？”

“不，不。这次的老师很了不起。”

“那还不是个新人。”

小林老师忽然露出生气的神色，说：“你们这些小家伙，又不是教你们的老师，为什么要这么说？没有哪个老师不是从新人开始的。你们是不是打算像当初对我那样，弄哭新老师啊？”

小林老师气势汹汹的样子说明她看穿了孩子们的心思，立刻有几个孩子不好意思地看向别处。小林老师刚来分校教课时，学生们用各种各样的方法捉弄过这位新老师，比如说故意排成横队敬礼，冲她大喊“白薯女中”，或是眼睛瞪得大大的盯着她看，或是嬉皮笑脸地逗她……但是经过三年半的时间，现在不管怎样的玩笑都难不倒老师了，反而是她出手捉弄孩子们。也许是因为在这长长的五公里路上，不做点什么实在太无聊吧。

过了一会儿，又有个孩子问：

“这次的老师叫什么？”

“叫大石老师。不过她是个身子小小的人。我虽然姓小林，却是大高个子。她的个儿真的很小，才到我肩膀。”

“哇哈！”

听到孩子们笑得很开心，小林老师又把脸一板。

“但她可比我们了不起，很了不起。不像我们只是半吊子。”

“是吗。老师，她每天坐船来吗？”

这是孩子们最感兴趣的大问题，小林老师也一副早就知道这一点的样子，回答说："坐船也只是今天。从明天开始，你们就能遇到她了。不过，这次的老师可不会哭哦。我都告诉她了，上学放学的路上，如果遇到总校的学生捉弄人，就权当是在耍猴戏；要是有人胡说八道，就当是乌鸦在乱叫。"

"哈哈。"

"哈哈。"

大家都笑了起来。孩子们一起笑了一会儿，才和老师告别。直到小林老师的背影消失在了下一个转弯，学生们还你一句我一声地大喊着：

"老师！"

"再见！"

"新娘子！"

"再见！"

大家都知道，小林老师是为了结婚才辞职的。老师最后一次回过头向大家挥挥手，就消失了身影。大家的胸口涌上一种奇怪的伤感，一天的疲劳也涌现出来，无精打采地走着。等他们回到村子，发现村里人正议论纷纷。

"这次的女老师穿着洋装呢。"

"这次的女老师和白薯女中的可真不一样啊。"

"这次的女老师个子可真小。"

第二天，针对这位不是白薯女中毕业的小个子新老师，大家绞尽脑汁研究出了一套惊吓作战方案。

嘀嘀咕咕，嘀嘀咕咕。

嘀嘀咕咕，嘀嘀咕咕。

他们边走边窃窃私语，忽然被吓了一大跳。地点不是很妙，那是在一个视线不太好的拐弯附近，他们看到了一辆这条路上很少见的自行车。自行车嗖的一下像小鸟一样骑过来，车上有位穿着洋装的女子笑着跟大家打招呼：“早上好！”又像风一样骑过去了。这肯定就是新来的女老师。没想到原以为走着来的女老师竟然骑了自行车。骑自行车的女老师还是第一次见，穿洋装的女老师也是第一次见，初次见面就跟学生说“早上好”的老师更是第一次见到。大家一下子愣住了，呆呆地目送她的背影远去。

学生们失败了。怎么看她都和以往的新老师完全不一样。大家想，就算是小小的玩笑，也不能把她惹哭。

“这家伙！”

“一个女人家竟骑自行车！”

“真臭美！”

男孩子们这样批评着，女孩子们却有女孩子不同的意见，正聊得起劲。

“看，摩登女郎就是像她那样打扮吧？”

“可是，摩登女郎不是像男人一样，把头发剪到这儿吗？”

女孩子说着还用两根手指在耳边比画剪头发的动作，“那位老师却扎着长头发。”

“可是，她穿着洋装啊。”

“说不定她家是开自行车铺的，要不然怎么会骑这么漂亮的自行车。那车子亮闪闪的。”

“我们要是能骑自行车多好。在这条路上嗖地骑过去，心里该多美啊。”

不管怎么说，步行和骑车是不能比的。大家很沮丧，就像被人来了个过肩摔一样。各自心里都在想着该怎样好好捉弄她一次，但没等想出一个好办法，就走出了海角的山路。旅店门口的大挂钟今天也如实显示了孩子们走路的速度，晚了八分钟。

瞬间，大家飞跑起来，背在背上或夹在腋下的铅笔盒又一齐哐当作响，脚上的草鞋踢起一片尘土。

差不多是同一个时间，海角村里也是一阵轰动。昨天，新的女老师坐船来了，稍没留意，她又坐船回去了。村子里的大妈们听说后都在好奇今天她会怎么打扮，大家都想看看据说穿了一身洋装的女老师。

尤其是村口那家外号“关卡”的杂货店的老板娘，她觉得自己有权比别人更早看到进海角村的人，从大清早就开始留意路上来往的人。

好久没下雨了，路上很干，她想洒点水迎接新老师，正拿着抹布和水桶往外走，对面有辆自行车嗖地骑了过来。她愣了一下。

“早上好！”

一个和蔼的女子点点头就过去了。

“早上好！”

老板娘应了一声，忽然反应过来。但那里是个下坡道，自行车已经远去了。她赶紧跑到隔壁的木匠铺，冲着正在井边洗衣服的木匠铺老板娘大声问：

“喂,喂！刚刚穿洋装骑着自行车过去的,是那位女老师吗？”

“你说的是那个穿着白色衬衫，像男人那样套着件黑外套的人？”

“嗯，就是那位。”

“竟然骑自行车！”

木匠铺老板娘不禁扔下手上正洗着的衣服，惊讶地说。昨天举行开学典礼时，她带着长女松江去过学校。

杂货店老板娘得意地说：“这世道真是变了呀。女老师骑自行车，难不成是个疯丫头？”

她嘴上说的像是有点担心，脸上的表情却似乎肯定了这个结论。从杂货店到学校，骑自行车也就两三分钟，女老师飞奔而过后不到十五分钟，村子里就传遍了她的事。

学校里，学生们也议论纷纷。差不多有五十个学生围着停在办公室门口的自行车，叽叽喳喳、吵吵嚷嚷，像麻雀在吵架。女老师想过去和他们说话，学生们却又像麻雀那样唰地散开了。她无奈只好回到办公室，唯一的同事——一位男老师正冷冷地沉默着。

他仿佛不喜欢别人过来和他搭话，躲在办公桌上公事箱的阴影中，低着头好像在看什么文件。关于课程等事，昨天已经和小林老师进行了交接，所以并没有什么特别的事需要交谈，可他还是太冷淡了，女老师心里不太高兴。但是男老师也有男老师的烦恼。

糟糕啊，他想，这次来的是从女子学校师范专业毕业的麻利能干的正式教员，和那些白薯女中毕业的半吊子完全不一样。虽然个子小小的，不过好像很聪明。能谈得来吗？昨天穿着洋装，想来是个很时髦的人，根本想不到今天会骑自行车来。真伤脑筋。为什么偏偏在今年派这么能干的上等人才来海角村？校长也不正常了。

想着想着，他的心情更沉重了。这位男老师出身农家，苦读十年，终于在四五年前通过资格考试成了正式教员，是个刻苦努力的人。

平日里他总是穿双木屐，一身装点门面的黑西服，肩部已经晒得透出了羊羹那样的紫红色。他没有孩子，和老伴两个人节俭度日，为了攒些钱才来到这个没人愿意来的偏僻的海角村。

据说他是自己主动要求来的，因为这里不需要应酬。从这一点也能看出他是个怪人。

只有去总校参加教员会议时，男老师才穿上鞋子，自行车更是连摸都没摸过。不过，他很喜欢村子里的生活，鲜鱼和蔬菜什么都不缺。他像村里人那样身上带点油垢，和村里人吃着同样的东西，说着村里的方言，因此，新任女老师的洋装和自行车让他觉得格外不舒服。

但女老师不知道这一点。之前任教的小林老师和她说了去总校上学的学生们有多淘气，关于男老师，却只是轻声说："人有些古怪，别放在心上。"可这哪里是古怪，简直是在为难人。才不过第二天，她已经动不动就叹气了。

女老师名叫大石久子，出生在内湖般的海湾对岸那个有棵大松树的村子里。从海角村望过去，大松树就像小小的盆栽。她家在这棵树旁边，家里就妈妈一个人，此时还不知怎么惦记着她的工作呢。想到这里，个子小小的大石老师就挺起胸膛，深深吸了一口气，想从心底大声喊一句："妈妈！"

她想起了前一阵子，父亲生前的好友校长先生说的那句话。

"海角村很远，苦了你了。不过，就先忍一年吧，一年后调你回总校。先去分校吃点苦锻炼一下也好。"

大石老师想，那就来这里忍上一年。她原打算走着来上课，可实在太远了。有人劝她在村里找间房子住，但大石老师觉得现在母女俩一起生活是唯一的乐趣。想想她在市女校读师范专业的两年里让妈妈一个人孤单生活的情景，她就决心每天骑自行车来这个八公里外的海角村上课。

自行车还是久子靠着和自行车铺的千金要好才买到的，钱分五个月付清。没有和服，她就把妈妈一件轻薄哔叽料的和服染黑，自己缝了件衣服，尽管手艺不是很好。不知情的人却以为她是个疯丫头，骑着自行车穿着洋装，打扮时髦。

这也难怪，因为那是在一九二八年。普选虽然举行过，可在这个偏僻的小村子里还是与己无关的事情。也许是因为她亮闪闪的自行车、不沾油垢的黑色手缝西服，还有雪白的衬衫，海角村的人们觉得她生活相当奢侈，是个难以接近的疯丫头。这些都是才上两天班的大石老师难以理解的。她就像来到了语言不通的外国，心里不安，不禁总是向大松树那边的家望去。

嗒、嗒、嗒、嗒。

通知上课的木板敲响了，大石老师吓了一跳，回过神来。昨天刚被选为这里的最高年级——四年级班长的男生，正踮起脚尖敲着木板。

来到操场上，一年级学生的表情中带着今天第一次离开父母、独自一人上学的勇气和不安。这是唯有他们才有的无言的骚动。

三四年级的学生迅速跑进教室后，大石老师拍着手，让一年级学生合着拍子踏步，跟在她身后走进教室。她这才恢复了常态，放松了心情。让孩子们都坐下后，她拿起点名册从讲台上走下来。

“现在点名。同学们，一会儿听到自己的名字被叫到，要大声回答。冈田矶吉君！”

座位是按个子高矮排的。坐在第一排的小个子冈田矶吉没想到会被第一个叫到，有点胆怯，再加上有生以来第一次被人称作“君”，一时吓到了，回答声堵在喉咙里说不出来。

“冈田矶吉君没有来吗？”

大石老师环顾着教室问。坐在最后一排的格外高大的男孩用大得吓人的声音回答：“来了！”

“那就应该回答‘到！’，冈田矶吉君。”

大石老师一边望着回答的男孩的脸，一边走近他的座位。二年级学生马上哄堂大笑。真正的冈田矶吉急得尴尬地站了起来。

“松鸡，快回答。”

一个长得和他很像、好像是他姐姐的二年级女生冲着矶吉小声说。

“大家都叫他松鸡？”

老师问道，大家都点点头。

“哦，原来矶吉的外号叫松鸡。”

又是一阵哄笑声。老师也一起笑了，她用铅笔在点名册上小小地标注上了。

“下一位，竹下竹一君。”

“到！”一个看起来很伶俐的男生回答。

“对，对。就要这样又清楚又好地回答。下一位，德田吉次君。”

德田吉次深吸一口气，正要回答，刚才点到冈田矶吉时大声回答的男孩又来劲了，抢着叫：“吉精！”

大家又是一阵大笑。那个名叫相泽仁太的男孩越发来劲，叫到下一位森冈正的时候，又喊了出来：“丸子！”叫到他自己的名字时，他更是大声地回答：“到！”

老师的笑脸中稍带一些责备，说：“相泽仁太君，有些多嘴哦。声音也太大了。下面叫到的同学要好好回答。川本松江。”

“到！”

“大家怎么叫你的？”

“小松。”

“对了，你爸爸是木匠？”

松江点点头。

“西口美佐子。”

“到！”

“大家叫你美佐吧？”

女孩摇摇头，小声说：“叫我小美。”

“呀，是叫小美啊。很可爱的名字。下一位，香川增野。”

“哎。”

老师差一点笑出来，强忍住压着声音说：“回答‘哎’有点奇怪。要回答‘到’，增野。”

多嘴的仁太又插话了。

“大家叫她小增。”

老师没有理睬他，继续点名。

“木下富士子。”

“到！”

“山石早苗。”

“到！”

每个孩子回答时，老师都冲他们微笑。

“加部小鹤。”

突然，大家大声吵嚷起来。老师也愣住了，不知道发生了什么。从孩子们的你一言我一语中，老师明白过来。这原因比香川增野的“哎”更可笑，年轻的老师也不由得笑了起来。大家都在说，脑袋撞墙，脑袋撞墙，加部小鹤用脑袋撞墙①。

要强的加部小鹤没有哭，只是低着头红了脸。等这阵喧闹

①日语中“加部小鹤”与“脑袋撞墙”发音相似。

终于平静，点到最后一位片桐琴江时，四十五分钟的上课时间已经过去了。

加部小鹤是丁零店（店里的人腰间系着铃铛，专门帮人跑腿办事）的女儿。木下富士子出身世家，回答“哎”的香川增野是镇上开饭店那一家的女儿，“松鸡”冈田矶吉家开豆腐店，“丸子”森冈正是船主家的孩子。那天，老师在心中一个个记住了孩子们的情况。

这些孩子的家里不管是开豆腐店、米铺，还是船主，单靠买卖是无法维持生活的，还得下地种田，有空时也去打鱼。这种情形和大石老师的村子一样。村里无论是谁一有空就勤勤恳恳劳动，不然就无法生活下去。看大家的表情就知道，这里每一个孩子都是热爱劳动的人。这些今天从一开始学习数数的小孩子，放学回家后，也都得帮忙照看弟弟妹妹、捣麦子、拉渔网什么的。

这些贫苦小村子里的孩子唯一的目的就是劳动，该怎么和他们沟通相处呢？想到这里，大石老师不禁为自己远远望着大松树落泪的伤感而惭愧。

第一次站上讲台的大石老师，在心里深深地刻下了今天第一次过集体生活的十二个一年级学生的眼神，他们的眼睛里闪烁着各自的个性。

这样的眼睛，怎么能被污染呢！

这天，大石老师骑着自行车返回八公里外的大松树村时，一路上活泼的神态让村里人觉得她更像疯丫头了。

“再见！”

“再见！”

“再见！”

她骑着自行车，路上遇到人就打招呼，不过回应的人很少。偶尔有人回应，也只是不出声地点点头。那是自然，现在村子里正涌起一阵评判大石老师的声音。

“听说她连大家的绰号都记在点名册上。”

“听说她夸西口屋的小美很可爱。”

“这么快就开始偏心了。说不定是西口屋拿了什么东西去巴结她了。”

什么都不知道的大石老师，小巧的身子正轻快地骑着自行车。骑到村旁的坡道时，她微微向前倾，用力踩脚蹬，一鼓作气骑上坡。她想尽快把自己紧张的心情告诉妈妈。这段和缓的坡道走路时根本感受不到坡度，她来的时候是轻快地滑行下来的，回程时这种轻快反而成了沉重的负担。但就连这些，她都觉得难得。回家真好，这是她真实的心情。

不一会儿，她来到了平坦的路上，早上遇到的那些学生也回来了。

“大石！小石！”

“大石！小石！”

好几个孩子这样喊道，那声音随着自行车飞快的速度越发响亮了。老师刚开始没明白是怎么回事，发觉是在叫自己，不由得笑出声来，原来这就是给自己起的绰号。她故意丁零丁零按响车铃，从孩子们身旁骑过，高声喊道：“再见！”

孩子们哇地喊起来，接着又“大石小石”地叫嚷，那声音渐渐远去了。

从那天开始，除了“女老师”外，她又有了个称呼——小石老师。也许是因为她的个子小小的吧。崭新的自行车在夕阳下越发耀眼，小石老师的身影一闪一闪地在海角山路上前行。

魔法桥

在细长的海角中部，距离海角尖端四公里处也有一个小村落。沿着海湾的白色小路来到这个村落，也就自然地横穿了海角，到达外海的海边。放眼望去，对面就是小石老师的学校所在的海角村。每天就像固定下来似的，她骑到沿着外海的小路时，总能遇到去总校上学的学生，如果有一天相遇的地方稍微有点不同，一定会有一方立刻加快速度。

“呀！小石老师来啦！”

立刻加速的通常是学生们。老师在骑到沿海小路时偶尔看到前方学生的身影，也会着急地用力猛踩脚蹬。那时候，学生们不知有多高兴，他们嘲笑着满脸通红用力骑车的老师。

“呀！当老师的还迟到。”

“扣工资！”

还有孩子故意跑到自行车前面，拦住去路。这样的事情发生几次后，有一天老师回到家，和妈妈发起了牢骚。

“他们还只是小孩子，竟然说什么扣工资。真会算账啊。讨厌。”

妈妈笑着说：“在意这种事情有意义吗？不过就忍上一年罢了。忍耐，忍耐。”

其实，她也没有痛苦到非要妈妈来安慰。习惯以后，每天早上骑八公里的自行车反而感到很开心，横穿海角时就会加快速度，不知不觉中和孩子们比起赛来。当然，学生们不会察觉不到，他们也不服输，同样加快了速度，一来二往，成了各有输赢的拉锯赛。第一个学期快结束时，有一天，男老师有事去总校，听到了一件神奇的事情。

这一个学期里，海角村的学生没有一次迟到过。大家都清楚走五公里上学的辛苦，因此总校的老师对海角村孩子迟到的事从不深究。现在一次都没迟到过，这当然要表扬了，学校当作一件大事大加赞扬。男老师很高兴，仿佛这是自己的功劳。他说：“那是因为今年的学生中有品格很好的人。”

据说五年级学生中有一个成绩很优秀的女孩，就算在总校也是出类拔萃的，因为有了她，海角村来总校上学的三十个男女学生才没有迟到。其实，孩子们不迟到只是因为女老师的自行车，但连女老师都没有注意到这一点。她常常为海角村孩子的勤勉感到钦佩，那些小淘气忍忍就过去了。这么想着，她也在心中悄悄赞美自己的勤勉："我也只有那次半路上爆胎了才迟到过。我也是骑了八公里的。"

她望向窗外，想起了一直鼓励自己的妈妈。静静的海湾上闪烁着夏日的光芒，朵朵白云下，妈妈所在的有大松树的村子隐约可见。海风从敞开的窗户吹进来。再有两天就放暑假了，那种喜悦仿佛渗透了全身。只有一件事让她有点伤心，村里的人们好像还是没有接纳她。她向男老师发牢骚，男老师张大没有槽牙的嘴巴笑着说：

"这个要求就有点难为人了。你再怎么热心地去家访，那自行车和洋装也实在有点刺眼，自然和他们有距离。毕竟是这样一个村子啊。"

女老师听了很吃惊，涨红了脸，低下头思索。

"最好是穿着和服走路上班吗？可要往返十六公里……"

暑假期间，她又为这件事思考了好多次，还没等她下定决心，第二学期便开始了。日历上的时间已经到了九月，长假过后感觉更热。女老师小小的身子更瘦了，脸色也不好。那天清晨出门时，妈妈帮着推出自行车，安慰她说：

"不管怎么说，现在一年不是过去三分之一了吗？忍耐，忍耐，你再稍微忍忍。"

但是，老师也想和普通人一样，在妈妈面前撒撒娇啊。

"啊……还是得忍啊，得忍。"

她好像生气了，骑上自行车就走了。好久没骑了，吹着风，浑身感觉很舒畅，只是想到今天开始又要骑车上下班，心情就沉重起来。暑假期间她和妈妈提过，是不是在海角村租间屋子，但最后还是决定继续骑车上班。

清晨骑车还好，可是回程时那种暑热好像要把人烤焦，夕阳炙烤着后背的辛苦也让人喘不过气来。海角村近在眼前，却得从早到晚小心翼翼地沿着海湾绕上一大圈往返，一想就让人懊恼，更何况自行车还不被海角村的人们接受。

可恶!

虽然没有说出口，可看到横在眼前的海角村，她还是不知不觉用力踩脚蹬。海面上罕见地起了波浪，发出阵阵潮水涌动的声音。她右转逆行骑向海角村。啊，想起来了，今天是二百一十日[①]。

刚想起来，一阵风刮过，冷冷地拍在脸上，咸咸的海潮味迎面扑来，仿佛孕育着暴风雨。海角一带的山峰顶端似乎在随风轻轻摇摆，这一切让人能想象到外海的海浪有多么大，女老师不禁感到不安，因为说不定得在中途下车，那时自行车就会变得十分碍事。但是也不能因为这个现在就下车，想着想着，幻想就像长了翅膀的小鸟一样在脑中盘旋。

①从立春算起的第二百一十天，这一天多台风。

“‘……风，停歇吧。’像阿里巴巴那样，我一下命令，风就马上泄去力气。大海恢复了平静，一切有如一场弥天大谎。这平静就像刚从睡梦中清醒过来的湖泊一样。‘桥，架上吧。’我随即伸出食指向前一点，海上立即架起一座桥，气派漂亮，宛如彩虹。这是只有我能看到，也只有我能走上去的桥。我骑着自行车轻盈地上了桥，缓缓地踩着脚踏板。骑得太急，会掉进大海，那就糟了，所以我慢慢地骑过这座七彩拱桥，不想竟比平常早了四十五分钟抵达海角村。

“‘呀，糟了。’村里的人们看到我，赶紧把时钟调快了四十五分钟。孩子们的反应看起来很可怜，他们惊慌失措地将早饭匆匆扒进嘴里，没好好吃完就跑出家门。

“我到了学校，男老师刚刚起床，看到我吓了一跳，赶紧跑到水井边洗了洗手和脸。上了年纪的夫人真不愧是专职主妇，连睡衣也顾不上换，就扇着炭炉，用另一只手按住衣领，难为情地笑着悄悄地擦拭眼角和嘴角。夫人眼睛不好，早上起来眼角总有眼屎……”

只有这件事是真的，她扑哧笑了出来，幻想如薄雾般消散了。就在这时，她听见对面传来被风刮乱了的熟悉声音：

“小石老师。”

时隔一个月再听到这声音，她不禁浑身充满了力量，应了一声，可声音却被风刮到了身后。正如她想的，外海的风浪很大，看来确实是一个不吉祥的日子。

“今天好晚啊。说不定会晚个四十五分钟呢。”

听了这话，恋恋不舍地站着准备说点什么的孩子们赶紧加劲跑起来。老师也顶着风用力地踩着自行车。一阵阵方向不定的风刮来，吹得她从车上下来好多次。好像真的要晚上四十五分钟了。

海边的村子和村中那棵大松树，因为有海角的保护，在这不吉的日子里也没受到什么灾害。而这个细长的海角村，尤其是外海一侧的半边村落却经常受灾严重。山路上到处掉落着小树枝，骑车前行非常艰难，下车推着走说不定更费时间。如此一来，女老师到达村子时真的晚了许多。她一看到村子，不由自主地停下，喊了出来：“天哪！”

村子最前面的小码头上，一艘渔船翻倒在入口处，亮出了鲸鱼背般的船底。大概是没能驶入码头的缘故，路上横七竖八地还躺着好几艘渔船。道路上满是海中翻卷上来的砂石，简直不成样子，自行车根本过不去。

村子完全变了样，就像来到了另一个陌生的村落似的。靠海一侧的房子屋顶上的稻草全被刮落，大家都在屋顶上忙碌，没人顾得上和老师打招呼。她只好下来推着自行车小心避让着路上的石头，好不容易到了学校。

刚进校门，一年级学生就跑过来围住了她。每个人眼中都闪烁着活泼的目光。他们个个精力充沛，你一句我一句抢着和老师说话，声音都变调了，仿佛对昨夜到来的暴风雨感到喜悦。爱出风头的香川增野用高亢的声音把其他人压了下去，那神态好像在说，我来代表大家汇报。

“老师，松鸡家被压塌了，就像螃蟹被敲碎了似的。”

增野薄薄的嘴唇中吐出的话语，把老师吓了一跳，眼睛瞪大，脸色都有点变了。

“那松鸡家里没有人受伤吧？”

老师往四周看了看，“松鸡”冈田矶吉点点头，好像还没从那场惊吓中平静下来。

“老师，我家井上吊水桶用的竹竿都被刮断了，成了两段，井边的水缸也被砸碎了。”还是增野在说。

“真不得了啊。其他人家里怎么样了？”

“杂货店的大叔上屋顶去修挡板，结果摔下来了。”

“呀！”

“小美家的挡雨板也被刮跑了。是吧，小美？”

老师回过神一看，还是增野一个人在说。

“其他人怎么样？大家都还好吧？”

老师与山石早苗对视了一下，害羞的早苗红着脸点点头。增野拉住老师的裙子，想把老师的注意力转到自己身上。

“老师，老师，还有比这些更厉害的呢。竹一家的米铺遭贼偷了，被偷了一袋米。是吧，竹一？”

被问到的竹一，点点头嗯了一声。

“是我家大意了，想着这么大的雨不会出什么事，结果今天早晨起来一看,发现仓库门开着。爸爸说,说不定米粒会漏下来，一直漏到小偷家，就出去找了。可没看到漏的米粒。”

“哎，发生了不少事情啊。等等，先让我放好车再继续说。”

老师像平常一样向办公室走去，忽然感觉和平日有些不一样，亮堂多了。她不禁站住仔细一看，又吓了一跳。水井上方的棚顶被风刮跑了，原来的白铁皮棚顶上空白一片，抬头就能看到白云从空中飘过。头上扎了块手巾的男老师正忙得四处打转，看到她，表情也和平日不一样，亲切地问：“呀，女老师，怎么样？昨晚很吓人吧？”

扎起衣袖的夫人也出来打招呼，她摘下头上的手巾，问：

“大松树刮折了吧？”

“呃，真的吗？”

老师吓得几乎跳起来，赶紧向自己的村子望去。那棵大松树还像往常一样挺立在那里，仔细看看，样子稍微有点不一样。虽然这场暴风不算厉害，但老松树毕竟是上了年纪，那枝繁叶茂的树干像是被刮断了一部分。

这棵大松树一直是入海口周围的村落有名的标志。这次老松树遭了难，自己身为村里人却没有注意到，女老师觉得实在不好意思。而且今天早晨自己还那样得意扬扬，想什么用食指一指，从大松树下就架起一座魔法桥，让波浪平静下来；还想将村里的时钟拨快四十五分钟，让村里人慌乱一片。可来到这里一看，村里并没有想象中那么乱。男老师也没有慌慌张张捧着水洗脸，只是光着脚在干活。夫人早就点着了炭炉，麻利地扎起衣袖在忙碌。

唉，第二学期的第一天，从出发开始就错了。女老师悄悄地想。她后悔出门时对妈妈发脾气。第三节上唱歌课时，女老师决定带着学生去受灾的人家慰问。

他们先去了离学校最近的西口美佐子家慰问了几句。大家都说松鸡家的房子被压塌了，受灾最严重，接着便去了灶神庙边上的松鸡家。

老师想起今天早晨增野说，松鸡家的屋子就像被砸碎的螃蟹。想来这是在学大人说话，却让人有种真实感。过去一看，他家在邻居的帮助下，已经重新整理了屋子。旁边的豆腐房没有受灾，就在土间直接铺上榻榻米，把家具都搬了进去。

想到一家七口从今晚起都要挤在这里睡觉，女老师就觉得可怜，一时难过得说不出话来。这时，帮忙的人群中，川本松江的父亲开口说话了。他带着木匠特有的诙谐，又有些讥讽地说：“呀，不敢当不敢当，怎么好意思让老师来帮忙呢。您真心要帮忙的话，能烦劳您这一大群弟子把路上的石头扔到海里去吗？待在这里，不是木匠怕有些不方便。要不您拿斧头试试？”

他拿女老师寻开心，逗得大家全笑了。老师很吃惊，也为自己悠闲地袖手旁观感到羞愧。她想，的确是这样。但既然来了，无论如何总得和松鸡的家人说句安慰的话。她磨磨蹭蹭说不出口，又没人搭理她，没办法只好借孩子们来遮羞了。

“来，大家一起打扫路上的石头吧。”

“好，好。”

“干活啦，干活啦。”

孩子们开心极了，像一群小蜘蛛一样向四周散去。暴风雨过后，暑热中添了一股清凉，村子里不论哪里都可以清晰地感受到。

“嗨哟！嗨哟！”

“好沉的家伙！”

“重死了，浑蛋！”

孩子们各自挑了能抱得动的石头，从路边推到两米之下的海里去。路上到处是石头，就像有好多岩石的海滨，其中还混杂着两个人一起用力才搬得动的大家伙。现在大海中只有静静的海水，可一想到这海水昨夜曾狂暴地越过高高的石堤，把这样大的石头从海中卷上岸，就为大自然不可思议的力量而震惊。

海浪把石头卷上岸，狂风吹塌房屋，海角村的人们经历了乱哄哄的一夜。同一个二百一十日，海角内外两侧竟如此不同。女老师想着这些，用力抱起石头扔向海里。在她身边，一个三年级男生熟练地将一块石头踢下海。她问男孩：

“暴风雨来的时候，都是这样吗？”

“是的。”

“大家也都来打扫石头？”

“是的。”

正在这时，香川增野的母亲从旁边经过。

“呀！老师，辛苦您了。今天简单弄弄就可以啦。反正再过几天，二百十七日、二百二十日还得再来一次。”

增野的母亲在本村那边经营饭店和旅店，今天特意过来看看孩子所在的海角村的情况。增野一见到母亲就跑了过来，抱着母亲的腰。

“妈妈，昨晚好吓人哦。屋子里发出可怕的声音，我抱着奶奶才敢睡。早上起来一看，吊水桶的竹竿都折了，水缸也碎了。”

增野把今早听到的事情又和母亲重复了一遍。增野的母亲嗯嗯地应着，半冲着老师说：“听说海角村有的船被冲走，有的屋顶被吹塌，有的整堵墙被吹倒，屋子只剩个底。我吓坏了，赶紧过来。我家就折了根吊桶竿，太幸运了，幸运啊。”

听到增野的母亲说墙被吹倒，老师问：“小增，整堵墙被吹倒的是谁家？”

增野露出得意的表情，好像连怀中抱着的石头都忘了扔，说：

“是仁太家，老师。他家墙被吹倒了，壁橱也打湿了。我去看过，里面什么都能看到。大妈就钻在壁橱里，这样这样看着天花板。”

她皱着眉学着大妈的动作，老师忍不住笑了出来。

“壁橱啊……”

说完这句，笑意涌上来，老师咯咯地笑出声来。

学生们不知道老师为什么会笑，增野以为是自己把老师逗笑的，露出开心的样子。不知不觉中，大家来到了杂货店。

杂货店的老板娘气势汹汹地跑过来，在老师面前停住了。她大口喘着气，好像气得说不出话来。老师赶紧收起笑容，向她行礼。

“啊，真是失礼了。这次暴风雨真是不得了啊。今天我和孩子们一起来打扫石头。”

老板娘却好像没有听到，问她：

“女老师，你刚才在笑什么？”

“……”

“别人遭了难，你就觉得那么好笑吗？我们家老头从屋顶摔下来，也好笑吗？幸好摔得不是很厉害，要是摔得再重些，是不是更好笑了？”

“对不起。我根本没这么想过……”

“没有？要是没有的话，为什么别人受了灾，你会觉得好笑！我们根本不稀罕你装模作样地打扫道路。反正我们家门前用不着你操心。什么呀，还不是为了让自己的自行车骑起来更方便。傻帽！干脆你一个人干得了……”

后面的话就像是自言自语，老板娘嘟囔着怒气冲冲地往回走，把吓得说不出第二句话的老师抛在身后。她还故意大声和隔壁川本木匠铺的老板娘说：“世上竟有这种不可救药的人！听说别人受灾了，还哈哈大笑。怎么会有这种老师！刚才我好好教训了她一顿。”

不用说，这事用不了多久就会传遍整个村子。老师傻傻地呆立了一会儿，回过神来，发现孩子们担心地围在身边。她那张快哭出来的脸上挤出一丝笑容，勉强用快活的声音说：

“好了，停下来吧。小石老师吃了败仗。咱们去海边唱歌吧。”

她脚后跟一转，来到前面带着孩子们往回走。她的嘴角还挂着笑，眼泪却扑簌簌地往下掉。当然，孩子们不可能看不到这些。

“老师哭了。”

“都是杂货店的大婶给弄哭的。”

除了孩子们悄声说着话，只剩下一片草鞋走路的声音。女老师本想笑着回过头，让大家看看自己其实没有哭，但眼泪好像又要出来了，她只好沉默。

她也想到现在这个时候笑不好。刚才并不像杂货店老板娘说的那样是幸灾乐祸，她只是觉得增野的动作很可笑，再加上壁橱的联想，让她想起了上学期有一天发生在仁太身上的事，这才笑了出来。

“天皇陛下在哪里？”

那天，她这样问，孩子们争先恐后举手抢着要回答。很难得地，她指到了仁太。

“好，仁太君。”

仁太照例用大嗓门回答，好像使尽了全身的力气。

“天皇陛下在壁橱里面！”

他太过奇特的回答让老师笑得眼泪都出来了。不仅仅是老师，学生们也都笑了。笑声摇动着整个教室，甚至传到了校外。虽然能听到有人说“在东京”“在皇居”，但仁太还是一脸莫名其妙。

“为什么天皇陛下在壁橱里？”

笑声停下来后，女老师问。仁太用稍稍失去信心的声音回答：“不就藏在学校的壁橱里吗？”

明白了。仁太说的是天皇陛下的照片。学校里没有奉安殿，只好把天皇陛下的照片锁在壁橱里。

因为仁太家壁橱的墙被风刮塌了，女老师才想起了这件事。年轻的她每次想起来就忍不住要笑，但又不能跟杂货店老板娘解释，只好沉默地走着。就算现在流着眼泪，想起来还是觉得好笑，但因为杂货店老板娘的话，只能忍住不笑出来。

不去海边唱唱歌，老师和学生们都没有别的方法可以散心。到了海边，老师立即挥起双手打拍子，开始领唱。

春天来了，早早来了。河边的芦苇丛里……

原来是《慌慌张张理发师》。孩子们围了上来，跟着唱道：

螃蟹开了家店，原来是理发店。
咔嚓咔嚓，咔嚓咔嚓，咔嚓咔嚓。

唱着唱着，大家的心情不知不觉明朗起来。

小兔子发火了，螃蟹害羞了，
没办法没办法，慌慌张张逃回家。

歌曲唱到最后，老师觉得慌慌张张误剪了兔耳朵的螃蟹很狼狈，就像自己多了一个伙伴，十分好玩，不禁从心底里笑了出来。接着大家把《这条路》《千鸟丁零零》等上学期学到的歌曲都唱了一遍，唱到《山大王》才停下休息。学生们开心地四处乱跑，只剩下五六个一年级学生老老实实地围在老师身边。有的女孩子很少梳理头发，乱蓬蓬地在脑后扎个小揪揪；有的男孩子原本的小光头已经长出头发，甚至长到了耳朵边。村子里没有理发店，学校的理发推子发挥了很大的用处，由男老师负责推头发。头上扎小揪揪的女孩子则由女老师照顾。必须给她们搽一层水银软膏了，得赶快，明天就办吧。老师想着站起身来。

“好了，今天就这样吧。大家回家吧。”

老师拍了拍裙子膝盖那儿的灰尘，刚退了一步，就“呀！”地尖叫一声摔倒在地，一脚踏空陷进了陷阱里。孩子们一片混乱，有的随着一起尖叫，有的哈哈大笑着跑过来，有的拍着手直乐，还有的吓得说不出话来。混乱中，怎么也不见老师站起来。她蜷曲着身子躺在那里，头发散在砂石上。大笑的孩子和拍手的孩子都安静下来，感觉到了某种异样。看到老师闭着双眼在流泪，山石早苗忽然哭出声来。那哭声让老师又有了劲儿，她一边说着“没事”一边挣扎着坐起身，轻轻地活动陷在洞里的那只脚。好像在摸什么可怕的东西似的，她解开鞋上的扣子，一碰到右脚的脚踝，又再次躺下，再也起不来了。过了一会儿，她闭着眼说：

“谁去帮忙叫一下男老师。告诉他，女老师的脚折了，走不了路了。”

接着是捅了马蜂窝般的大混乱。大点的孩子们叫嚷着跑去叫人，女孩子哇哇大哭。仿佛是敲响了警钟，全村的人都赶过来。最先赶到的是竹一的父亲，他俯身靠近躺在地上的女老师，跪在沙地上仔细查看。

“怎么了，老师？”

女老师皱着眉，说不出话。他从孩子们那里得知老师是脚受伤后，稍微放心了。

“是脚扭了吧？哪里，哪里？”

他转到女老师的脚边，刚想帮忙脱去鞋子，老师就“啊”地大叫一声，眉头皱得更厉害了。老师的脚踝肿得有两倍粗，明显留下了鞋子的印迹，但没有流血。

“冰一冰应该会好些。”

他冲着围过来的一大群人说，德田吉次的父亲忙把缠在腰间的脏手巾解下，去海里蘸了些潮水回来。

“还疼吗？很疼吗？”

男老师也跑来了，问道。女老师点点头，没吭声。

“走不了路吧？”

她还是点头。

“要不站起来试试？”

她没有说话。西口美佐子的母亲从家拿了块布，上面抹着面粉和鸡蛋，又涂了一层药。

“我觉得骨头应该没折，不过最好还是早点去看医生，或者找个按摩师好好揉揉。”

“要找按摩师的话，中町的草加不错。他还会接骨呢。”

“草加还不如桥本外科好。”

众人议论纷纷。再怎么说，海角村没有外科医生，也没有按摩师。只有一件事显而易见，女老师无论如何也走不了路了。商量了好一会儿，大家决定坐船送她去中町，用森冈正家的渔船，由加部小鹤的父亲和竹一的哥哥摇橹送过去。男老师也跟着一起去，他背着女老师上了船。当大家让她躺下、坐着或背起她时，她总是禁不住疼得叫出声来。

船刚离开海岸，就听见女孩子们一片哭声。

“老师！”

“女老师！”

有的孩子用力地大声呼喊。小石老师不能活动身子，只能紧闭着双眼，默默地听着孩子们的喊叫声。

“老师！”

声音越来越远了，船驶到了入海口中央。女老师忍着疼痛，坐船回到了清晨架起魔法桥的海面上。

米五合[1]，豆一升

十天过去了，半个月过去了，女老师还是没有出现。靠在办公室墙边的那辆自行车上已经落满灰尘，孩子们无精打采地围着它。甚至有人认为小石老师再也不会来了。有些去总校上学的学生也这么想。自从见不到小石老师后，孩子们才明白老师每天骑自行车是多大的鼓励，大家在长长的上学路上有多么期待见到小石老师。村子里的人也是一样。没有谁说该怎么样，但大家在心里悄悄后悔了，不该没有道理地对老师发火。为什么这么说呢，因为村子里对小石老师的评价忽然变好了。

“没有一位老师像她那样，一来就让孩子们从心底接受。”

“她不快点治好病，可麻烦了。要是让人说咱们海角村的娃

①日本容积单位，一合约为 0.18 升。

娃把老师弄瘸了,那就糟了。以后要是没有人肯来,就更糟糕了。”

“千万别成什么瘸子。她还那么年轻，要是成了瘸子，就算治好了，上下班也很麻烦啊。”

大家这样谈论着女老师，话语中透出迫切希望她再次回到海角学校的心情。要是她不来了，真的让人很伤脑筋。男老师尤其感到为难。

村里小小的小学里，每周有一次唱歌课。男老师很难打发那一个小时。自从女老师休假后，男老师起初让孩子们合唱学过的歌曲，或找唱歌好的孩子来独唱。这样唱了一个月，可总不能一直敷衍下去，男老师只好开始弹风琴，为此汗流浃背。他高声唱：

“上上上尺工工工　六六六五六……”

“do do do re mi mi mi so so so la so”这几个音，上年纪的男老师总是发成“上上上尺工工工……”，因为当年他上小学时就是这么学的。

“工工工工尺尺尺　上上尺工上……”

唱歌课安排在星期六的第三节课。安排在这个时间，是为了让孩子们开开心心地唱歌后回家迎接周日的休假。可现在对他们来说，星期六的第三节课突然变得没意思了。对男老师尤其是这样。到了星期四前后，男老师就开始为星期六第三节课发愁，脾气都变得暴躁起来，有点事情就冲学生发火。学生上课开会儿小差就被大骂一顿，忘记带东西的学生会被罚站到教室后面。

“男老师最近老发火啊。”

“变得不让人喜欢了。到底怎么回事？”

孩子们感到奇怪，男老师的夫人却十分清楚原因，她暗暗担心，想帮助男老师。于是到了星期五晚上，她停下编草帽辫子的副业，站在风琴边鼓励男老师。

“我来当学生。”

“嗯，那就当吧。”

小小的灯摇晃着，映照着这对上了年纪的老夫妇和风琴。如果有女孩子看到这一幕，说不定会吓得发抖。交错的黑暗和光亮中，老师和夫人交替唱着歌。

“上上上尺工工工　六六六五六……”

夫人一个人唱，要折腾到深夜才和得上风琴的音调。村里人已经全睡下了，没有一户醒着，他们反而顾虑起来。熄灯后，夫人摸索着回到房间，叹了口气，悄悄对丈夫说：

“女老师真是害惨我们了。”

“嗯嗯，不过她也很可怜啊。”

“是啊。她可是折了一条腿呢，不是你弹弹风琴能比的。”

“要是那样，说不定大石老师回不来了。那倒罢了，她母亲想必要气坏了。就这么一个宝贝女儿。她大概会说，再也不让女儿去那种坏村子了。”

“这样啊。不来就不来吧。可接替的老师不来就麻烦了。”

他们悄悄地说着，生怕被人听到，然后像带着怨气般向海对岸望去。那棵老松树所在的村子仿佛也安静地进入了梦乡。远处的灯火像群星般微弱地闪烁。一想到在这样的深夜里，只有自己两个人还要辛苦受罪，他们不禁埋怨起女老师来。

那件事发生后，夫人也承担了一节课，教五个四年级学生缝纫。缝抹布之类并不难，比如缝个手球，只要在一个小时的课堂上挨个照看学生，让他们细心缝就可以了。只有唱歌，不管怎么努力，风琴都实在太难了，因为弹风琴的手不像缝纫时那样灵巧。不过夫人觉得丈夫拼命练习风琴，努力想掌握技巧的用心非常神圣。虽说是十月，男老师还是汗流浃背地弹着风琴。因为怕琴声传到外面，总是关着教室的窗户，汗水就流得更多了。

当然，做老师的都会弹风琴。但这位男老师只是小学毕业，通过拼命努力才当上教员，对他来说弹风琴比干什么都难。在乡村，不管哪里的学校都没有专门的音乐老师，不管哪位老师都得教自己班级的学生学习体操和唱歌。当初他就是讨厌这些，才主动要求来这个偏僻的海角村任教，没想到现在还得在风琴前汗流浃背。男老师气得都想把风琴砸碎了。

但是，今晚却不同。尽管就夫人这一个学生，琴声和歌声也能配合起来了。男老师出乎意料地开心，不禁冲着夫人稍微吹了吹牛。

“我啊，只要用心好好弹，风琴这玩意儿还是很快能上手的。”

夫人也温顺地点点头。

“可不是嘛。可不是嘛。”

明天是大石老师休假后的第六次唱歌课。男老师甚至开始期盼明天的课了。

“明天，学生们一定会吓一跳。”

“可不是嘛。他们肯定会改变看法，原来男老师也会弹风琴。”

“就是。应该教他们一首雄壮的歌曲。大石老师净教他们一些无聊的歌。什么《千鸟丁零零》，什么‘咔嚓咔嚓，咔嚓咔嚓，咔嚓咔嚓’的，简直就像盂兰盆节跳舞时的歌。她只会些软绵绵的歌儿。”

“可是孩子们喜欢啊。”

“哼。女孩子还好说，可那些歌不适合男孩子唱。这次，我应该教他们一首宣扬大和魂的歌。要知道学生可不全是女孩子。”

说着，男老师在夫人面前挺起胸膛，又唱起了刚才两人练习的那首歌。

“千引之石重如山……”

“嘘，被人听到了，会以为你疯了呢。”

夫人吓了一跳，赶忙挥手制止。

终于到了第二天的唱歌课，学生们慢吞吞地走进教室。大家心里想，反正今天又是没有风琴伴奏瞎唱一下，步子都没那么轻快了。要是小石老师在，星期六的第二节课结束后，她总会一个人留在教室里弹风琴，等第三节课上课的木板敲响时，她就换成进行曲，大家自然而然地在琴声的带动下迈着步子走进教室。那该多么开心啊。这种快乐是说不出来的，大家心里都明白。现在小石老师没来上课，大家都有种说不出的缺憾，不必特别留意，就能自然地体悟到这种感觉。

"老师会好好欣赏大家的歌声，大家就唱自己喜欢的吧。"

男老师总是这么说，从来不看风琴一眼。就算让大家唱歌，可没有风琴伴奏，一时也唱不出来。就算唱出来了，有时调子也不对。

但是，今天有点不一样了。大家一进教室，男老师就端端正正地坐在了风琴前，虽然和女老师有些不一样，却也"噗噗"地按着琴键，给大家发出行礼的指示。大家脸上都露出惊讶的神情。两块黑板上也像女老师平日那样写着今天要学的歌。右边是乐谱，左边是歌词，都是竖排写的。

千引之石

千引之石重如山，

为国奉献义为重，

一朝有事遇敌临，
枪林弹雨无所惧，
为国效忠齐前进，
男儿本分和赤心。

汉字上还全标着读音。男老师从风琴前起身走到讲台前，和平日上课一样，用竹教鞭点着黑板上的字，开始一字一句解释这首歌的意思，简直像在上修身课。不管他怎么反复解释这首歌曲的深刻含义，却没有几个孩子能理解。一年级学生最先叽里咕噜地吵闹起来，接着是二年级学生。三年级和四年级中也响起了交头接耳的声音。忽然，啪的一声，教鞭猛地击打在讲台上。吵闹声瞬间停止了，孩子们像受惊的鸽子般眼睛瞪得圆圆的，一齐盯着男老师。男老师用严厉中带着一丝温柔的口吻说：

“大石老师可能还有一阵子来不了学校，今后就由我教大家唱歌。大家要好好记。”

说完，他走到风琴边低头坐下，看上去好像有点害羞，就保持着这种姿势唱了起来。

“上上上尺工工工　六六六五六……唱！”

学生们哗地全笑了。“do re mi fa”这些音阶，男老师是用过去的方式唱的。但就算会被学生笑话，男老师还是没有信心唱好 do re mi fa。所以他只好按照自己当年学的“上尺工凡六五乙”（do re mi fa 的音阶）开始教。这样一来，学生们觉得很好笑。

“工工工工尺尺尺　上上尺工上　尺尺尺尺上工六　六六六五六……”

这样唱起来，简直就像疯子一样又笑又怒的。大家一会儿就记住了，从那天开始一下子流行开来。没有一个人遵循男老师的意图唱那雄壮活泼的歌词，大家只是“六六六五六……”地哼唱。

又过了几个星期，唱歌课上还是唱《千引之石》。回家路上，一年级的香川增野老成地对一起走路回家的山石早苗轻声说：

“男老师教的歌，我真的不喜欢，还是喜欢女老师来教。”

她唱起了女老师教过的歌。

山中的乌鸦送来了……

早苗和小鹤也接着往下唱。

红色的小信封……

只上半天课的一年级女生们聚在一起，叽叽喳喳。

“女老师到底什么时候才回来啊？”

增野看向那棵老松树的方向，大家也顺着看向老松树所在的村子。

“好想再见到女老师啊。”加部小鹤说。

从边上走过的“松鸡”冈田矶吉和“吉精”德田吉次也加入了队伍，学着她的口吻说：

“好想再见到女老师啊。”

不知不觉中，大家都好像有了这种感觉，不由得站住了，看向那棵老松树。

“听说女老师住院了。”

松鸡把听说的事情告诉大家，小鹤插话抢着说：

“住院是刚开始的事，现在已经出院了。我爸爸说，昨天在路上碰到老师了。”

小鹤因此觉得自己好像应该比谁都先见到老师似的。她爸爸是开丁零店的，经常水陆两边往返，帮人跑腿，昨天还拉着大板车去了镇里。他至少每隔一天就要沿着海湾把各个村落跑上一圈，帮人送货。他回来时，在船上或车上听到的消息也随之带了回来。

像大石老师是阿基里斯腱断了，可能两三个月都不能下地走路之类的消息，都是这位腰间挂着铃铛四处奔走的丁零店主带回来的。

“这么说，老师很快就能来了。要是能早点来就好了。”

早苗瞪大双眼说。小鹤又插话说：

“可能来不了了。站都站不起来呢。”

小鹤接着来劲了，说：“去女老师家看看吧，大家一起去？”

说着，她挨个看着大家的脸。竹一、“丸子”森冈正和仁太不知什么时候也加入了队伍，但没有一个人立即赞同小鹤的提议，只是默默地望向老松树。要去那边，距离究竟有多远，凭他们自己是估算不出来的。常听大人说是单程八公里，可是一年级学生却从未走过那么远的路。那距离远得出奇，从海上看过去却又像一转眼就能到达，只是比土地庙更远，这一点让人有些害怕。他们还没有走到过大松树那里，建在半路上的本村土地庙，倒是在每年祭祀时走路或坐船去过。再往前究竟有多远，就没有人知道了。只有仁太前不久去过比老松树更远的镇上，但他也不过是在土地庙前坐公共汽车经过老松树边上罢了。就算这样，大家还是围住了仁太。

“仁太，从土地庙到老松树，要花多长时间？”

仁太很得意，连鼻涕都顾不上吸。

“从土地庙过去，一会儿就到了。公共汽车喇叭嘟嘟响几下，朝老松树那边开，还没吃完一个馒头就到了。”

“撒谎！吃一个馒头才一分钟。”竹一说道。

“就是。”川本松江征求同意般对西口美佐子说，“公共汽车再怎么快，也不可能一分钟就到的。是吧？”

听到大家的质疑，仁太生气了。

“本来就是嘛。我在土地庙上车时开始吃馒头，到了下车时都还拿在手里。”

“真的？”

“真的！”

“敢拉钩打赌？”

“好，拉就拉。”

于是，大家都放心了。谁都没想到，那是因为仁太有生以来第一次坐公共汽车，稀罕得都忘了吃馒头，两眼紧紧盯着司机的双手。不过，至少仁太坐过公共汽车，他坐到比老松树再远一站的镇上下车时，一个馒头还没吃完，根据这两件事推测，大家觉得从土地庙到老松树的距离不会太远。即便是骑自行车，女老师每天早上不也很快就从老松树那儿赶来学校吗？这距离与其说远，不如说是近。就在这般心绪浮动时，孩子们看到一辆公共汽车在对岸的沿海路上飞驶而过，心里更是痒痒的。公共汽车越来越小，瞬间行驶进树林里，消失了踪影。

“呀，一定要去！”

增野忽然大叫起来。这一声好像为男孩子们带来了力量。

“去！”

“嗯，要去！”

森冈正和竹一都表示同意。

“去，去，咱们跑着去，跑着回来。”

“就是，就是。”

小鹤和松江开心地跳着。只有早苗和片桐琴江沉默不语。早苗原本就不爱说话，琴江的表情却有些复杂，像是想起了家里的事。

“小琴，不去吗？”

小鹤像是在责问一般。琴江的表情越来越不安了。

“我得先问问奶奶。”

她轻轻的声音中没有自信。一年级的琴江是家里五个孩子中的老大，五岁就开始帮家里照看弟弟妹妹，她的背上没有不背小娃娃的时候。回家商量的话，根本不可能允许她去。早苗、松江和小鹤也一样。大家不由得你看我、我看你。虽说自古以来约定俗成，小孩子在十岁以前可以玩，可所谓玩不是自由地玩耍，而是要带着弟弟妹妹或背着娃娃玩。真正想怎么玩就可以怎么玩的，只有独生女增野和美佐子两个人。

琴江的话让大家想起了这一点。但是在那种气氛下，大家没法打消念头。

“吃过饭后，大家偷偷地溜出来吧。”

小鹤怂恿着大家，好像是上了一条不能回头的船。

“对啊。要是和家里人说了，估计不会让我们去。咱们得偷偷地去。”

竹一开动脑筋做出决定。这样一来，也就没有人反对了。想到要偷偷溜出去，大家反而兴奋起来。

“悄悄溜出来后，到码头汇合，然后一起去。”

森冈正说完，以总帅自居的增野更慎重地考虑了一下，说：

“在码头集合，被杂货店的老板娘看到就麻烦了。还是去竹林吧。”

“这样好。大家可以穿过旱田溜出村子。”

大家又各自忙起来了。

“真的要跑着去、跑着回来吗？”琴江再次确认道。

大家跑回家后，琴江走在路上想来想去，就是想不出怎样才能偷偷溜出家门。要不自己就算了？不行，要是那样做了，从明天开始就没人愿意和她一起玩了。她不想被大家排挤。可就算偷偷溜出去了，事后还是会被奶奶和妈妈责骂，这样也不喜欢。

要是没有娃娃就好了。

想到这里，琴江觉得平日里可爱无比的弟弟健史也越来越讨厌，真想把他扔下一天不管。她忽然向后转身，向着旱田方向走去，看到竹林就开始跑起来。她的心怦怦直跳，好像怕被谁发现似的。

两个小时后，琴江的奶奶最先担心起孩子来。

“肚子都饿瘪了吧，到底干啥去了呀？”

起初，奶奶自言自语地嘀咕。她原想等琴江放学回来后，把健史绑到背上让她背着，自己去地里摘第二茬豇豆，可琴江没有回来，现在想必也不在学校。于是她背着孩子，拿着背带绳，去了琴江最要好的早苗家。她以为琴江在那里玩得忘了时间。

“你好，我们家小琴有没有来你这儿？”

当然不会在的。不止琴江不在，连早苗都没回来。回家路上，奶奶去灶神庙里看了看，在杉树树荫下玩耍的都是比琴江大一点或小一点的孩子。她不禁冲着他们大声问：

“你们有没有见到我们家小琴？”

“没有。”

“今天一次都没见到吗？”

“不是去了早苗家吗？”

各种回答接连不断，让她更加生气。

“真拿这丫头没办法。你们要是看到她，叫她赶紧回家。”

奶奶轻轻地把娃娃背到背上，对什么都还不懂的娃娃说：

“你姐姐也不知道跑哪儿去了。小琴这丫头，等她回来了，看我不好好收拾她。”

但是，一想到琴江连中午饭都没吃，她又有点担心。她一边担心着一边正要在家里的土间编草鞋，就看到川本木匠铺的老板娘慌乱地冲了进来。

“你好。今天天气真好啊。我来找我们家小松，她来这儿了吗？”

琴江奶奶一听，扔下了手中正在编的草鞋。

“小松也没回家吗？连午饭也不吃，究竟跑哪儿玩去了？”

“我们家小松倒是回家吃了午饭，可扔下筷子起身就出去了，好像有什么事。我还以为会马上回来，结果一直没回家。”

琴江的奶奶忽然担心起来，现在可不是编草鞋的时候。木匠铺老板娘说要去找找，就走了。她更加担心，进进出出，一会儿站一会儿坐，无法安静下来。

这也难怪。琴江正是爱玩耍的年纪，却每天得带娃娃，闹点脾气是很正常的。

奶奶的眼泪扑簌簌掉了下来。泪眼朦胧间，浮现出小琴江可怜的身影。或许是从小就背娃娃的缘故，琴江的屁股有点往后凸。

“究竟去哪儿了？在干什么？今天她爸妈也回家晚啊……”

琴江的奶奶走出门，望着海面。琴江的爸妈出海捕捞竹荚鱼，不知怎的，好像今天回来得也特别晚。

“还没回来吗？”

木匠铺老板娘这是第三次开口询问了。之前，小鹤的姐姐、早苗的弟弟、富士子的母亲都担心各家的孩子，来这边问过情况。没过多久，大家就知道所有一年级的孩子都不见了。又过了一会儿，一个从总校放学回家的学生说，在八幡堂文具店旁边曾看到过他们。家长们悬着的心终于放下了一半。这个消息立即传遍了整个村子，大家捕风捉影地乱猜一气。

“听说有什么戏班演出，是跑出去看了吧？”

“没有钱怎么看？”

“说不定就张大嘴巴看看外面的宣传旗子和海报。”

“小孩子嘛，就是喜欢热闹。”

一年级学生的家长们更是露出笑容，纷纷谈论。

“说不定这些小家伙们现在正饿着肚子，脚下起泡，往回走呢。”

“还真好奇他们回来后是什么表情，这群小傻瓜。”

“回来后，咱们要数落他们吗，还是别说的好？”

“反正不能表扬他们吧。”

他们能如此悠闲地谈论，是因为松鸡的哥哥、仁太和富士子的父亲都去接孩子们了，所以放心。没有一个人想到大石老师，这是多么粗心大意啊。

三个去接孩子的人一走到本村，遇到人就问：

“对不起，有件事想打听一下。中午刚过那会儿，有没有看到十多个七八岁的孩子从这里路过？”

同样的话，他们不知反复说了多少遍。

孩子们究竟怎么样了呢?

不用说，最先来到竹林的是琴江。琴江把学校的书包藏在旁边的草丛里，等着大家。随后，吉次和松鸡争相跑过来。接着是竹一和森冈正。到得最晚的是富士子和仁太。仁太很细心，衬衫和长裤的四个兜兜鼓鼓囊囊，装满了炒蚕豆，据说是把家里所有的炒豆都拿来了。他大方地分给大家，大家都很开心，嘎嘣嘎嘣吃着蚕豆出发了。

“女老师一定会吓一跳的。”

“嗯，她一定很高兴。”

琴江一个人走在最前面，不时回头看大家。她想，不是说跑着去跑着回吗，怎么大家都这么悠哉地走着?

虽然到了那边就什么都清楚了，但大家还是谈论着女老师。

“听说女老师腿瘸了，走路一拐一拐的。”

“女老师的脚还很疼吗?”

“那肯定很疼，不然怎么还瘸着。”

松鸡赶忙跑到前面。

“喂，你们知道什么是阿基里斯腱吗?听说是这根粗粗的筋断了。”

他指着自己脚上阿基里斯腱的位置给大家看。

“这种地方的筋断了，当然疼了。”

渐渐地，大家越走越快。孩子们单独走在这条路上，这还是第一次。每过一个山谷，就能看到一片新景色，永远都不厌烦。等他们横穿海角，走到沿海湾的大路上时，那棵老松树所在的村子斜斜地落在了后面。走了这么多路，应该是近了，可大家都有种上当的感觉，越来越担心，但没有一个人说出口。不久，他们远远地看到了从总校放学回家的学生们，吓得你看我我看你。

“躲起来，躲起来，赶紧的。”

增野一声令下，其余的十一个人就像猴子般敏捷地钻入茅草丛。茅草摇曳着发出唰唰的声音。

“安静！不许弄出声音来。”

增野噘起薄薄的双唇，略微吊起的细长而清秀的双眼仿佛在和大家说话。竹一和森冈正不敢出声，连身子都蜷了起来。茅草丛比孩子们高出一人多，十二个孩子躲进去后，唰唰唰一阵响。但是能不引起注意，就这样骗过大孩子，其实都归功于增野的机灵。被她的双眼一瞪，大家都像猫咪一样老实了。

走出海角山路，快进本村时，大家自然又小声说起话来。去老松树的村子，要经过几个村镇和许多小渔村。大小不等的村镇，走过一个迎面还有一个，走过一个还有一个，就是走不到老松树村。这样反反复复，大家都厌烦了。从海角村看过去，老松树是那么近，就在眼前，现在却连影子都看不见了。大人口中遥远的八公里，大家现在已经用双脚感受到了，渐渐都沉默起来。路上遇到的也都是不认识的人了，好像来到一个遥远的国度，不安如一块重石般压在大家心上。

其实，再转过一个山头，老松树就近在眼前了，可惜谁都不知道。问仁太，他也答不出来，大家也想开了，不再追问。除了一步一步往前走，没有别的办法。

竹一和美佐子的草鞋最先磨坏了。竹一把没坏的那一只给了美佐子，自己光着脚走。吉次和森冈正的草鞋也坏了。没有一个人身上带着钱，自然不能买草鞋。回去就只能光着脚走，再想到来时路途的遥远，孩子们的心情更加凄凉了。

忽然，琴江哭了起来。她没吃午饭，想必更容易疲劳，扛不住了。她蹲在路边哇哇大哭。接着，美佐子和富士子也跟着抽抽搭搭地哭了。

大家站住了，呆呆地看着哭泣的三个孩子。每个人都想哭，根本说不出加油的话。掉头回去吧，咱们回家吧。要是有人这样说一句就好了。

但是，大家连说这话的力气都没有了。增野和小鹤脸上露出困惑的神情，连她们俩都想哭了，但不能哭。要是大家一起哭，说不定会有人伸手帮助他们。可是他们连这一点都没有意识到。

初秋的天空晴朗无云，午后的阳光从这群小小的孩子身后射过来，照在干得发白的路上，给人一种异样的感觉。孩子们心中自然涌出想回家的念头，不知不觉转身看向来时的路。

这时，一辆银色的公共汽车从对面按着喇叭开过来。刹那间，十二个孩子一齐躲到狭窄马路旁边的草地上，排成一列等着公共汽车过去。琴江也不哭了，一心看着汽车。

公共汽车从大家眼前驶过，卷起白沙阵阵，就像灰蒙蒙的浓烟。就在这时，车窗中意外地露出一张熟悉的脸。

“呀！呀！”

正要喊时，公共汽车开过去了。那是大石老师！

“哇！”

大家不禁跳上马路，欢呼着开始追赶公共汽车。他们不知从哪儿涌上来一股力量，脚步也更快了。

“老师！”

“女老师！”

公共汽车在路中央停下了，女老师下来，然后车又开走了。女老师拄着丁字拐等着大家。没等大家跑近身边，她就大声问：

“你们究竟在干什么？”

还没等跑过去拉住老师的手，孩子们就因为眷念的心情和某种胆怯停住了脚步，没能走到老师身边。

“我们来见老师。这路真远啊。”

仁太最先开口。接着，大家你一句我一句说开了。

“大家一起商量的，悄悄地来，是吧？”

“怎么也走不到老松树那儿，小琴都哭了。”

“老师，老松树在哪儿？还没到吗？”

“您的脚还疼吗？”

老师笑盈盈的脸上不断流下泪珠。得知老师的伤没什么问题了，老松树和老师的家也马上就到了，孩子们中间又响起阵阵欢呼。

“看，老松树可真够远的。”

“远得都想回去了。”

孩子们围着丁字拐，伴着老师往家里走。老师的母亲真的吓了一跳，手忙脚乱地招呼，又是去灶下生火烧水，又是进进出出忙碌。孩子们大概在老师家待了一个小时。老师招待他们吃了油炸豆腐乌冬面，有的孩子还吃了两碗呢。老师开心地说要拍纪念照片，把附近照相馆的人请来，大家一起来到老松树旁。

“我还想让大家再多待一会儿，可惜太阳就要下山了。家里人一定在担心大家。”

老师安慰着不想回家的孩子们，过了下午四点，终于把他们送上了船。秋天白昼短，太阳已经偏西了，海角村好像什么都没发生似的，笼罩在暮色中。

“再见！”

“再见！”

老师拄着丁字拐站在海边目送着孩子们，船上不断传来孩子们的喊声。

三个大人还在从镇子找到另一个村，十二个孩子却从这条他们从未想过的海路回到了海角村。

“哇哇！”

“呀呀！”

海面上忽然传来喊叫声，把海角村的人吓坏了，虽然想好好训斥孩子们一顿，最终还是大笑起来。大石老师在村子里更受欢迎了。

过了两天，丁零店的大板车装上了稀罕的货物。东西太零碎了，丁零店老板用装苹果的空箱子装着那些东西出了村。一路上他去各个村子跑腿办事，到了老松树村，就扛起苹果箱向前走。随着他的步子，腰间的铃铛丁零丁零地响着，不一会儿，叮地停下了。原来到大石老师家廊檐下了。丁零店的铃铛声就是个信号，告诉大家有东西送来，这样就不必多解释了。

“给，这是五合米和一升豆子。这一包挺轻的，可能是小鱼干。还有一升米和五合豆子……”

他取出一个个小包裹，堆在廊下有地板的房间里。包裹上都写着名字，那是重视人情礼仪的海角村村民送来慰问大石老师的米和豆子。

分别

照片洗出来了。以老松树为背景，十二个孩子围着拄丁字拐的老师，有的站着，有的蹲下。矶吉、竹一、松江、美佐子、增野，老师按着顺序一个个看过去，看到仁太时，不禁笑了出来。仁太实在是憋气憋得太夸张了，他用力屏住呼吸，身体僵得好像能听到漏气的呜呜声。

他立正的姿势，不管谁见了都忍不住要笑。除了增野和美佐子，其他孩子都是有生以来第一次拍照片，因此都有些僵硬。仁太和吉次特别夸张。和仁太正好相反，吉次缩着身体转过脸，还闭着眼睛。照片如实地反映出他平日的胆小，让人看了觉得可怜。

可怜的吉精，他一定很害怕吧，害怕照相机里会跳出什么来……

老师正一个人看着照片乐的时候，总校的校长先生来了。听到校长的声音，这次轮到大石老师不由自主地端正身子紧张起来，小心翼翼地走到玄关迎接。她已经不需要丁字拐了，只是走路还有些一瘸一拐的。校长先生看到后，皱着眉心疼地说：

“这次真受了不少罪啊。”

“啊，但已经好多了。”

“还疼吗？”

女老师不知该怎么回答。母亲以为校长是来催促她上班，于是代为回答道：

“不好意思，这孩子一直给您添麻烦了，真抱歉。虽说已经好多了，可还是不能骑自行车，所以磨磨蹭蹭拖了这么久。”

但校长先生这次来并不是这个打算。他来看望老师，顺便带来了一个好消息。大石老师是他好朋友的女儿，今天就直接称呼名字了。

“久子也算是牺牲了一只脚，海角村那边的工作就算了吧。我决定调她回总校工作。不过她这腿，目前也不能去总校吧。”

母亲不禁热泪盈眶。“这可真……”

她一时说不出后面的话来。意想不到的喜悦，让她不知怎么表达感激之意。好像是为了遮掩这一点，她注意到女儿从刚才就一直沉默。

“久子，久子。你怎么发愣呢。快向校长先生道谢。”

但是，大石老师并没有为校长先生的特意关照感到高兴。假如这发生在半年前，她肯定高兴得要跳起来，而现在事情并没有那么简单。因此，她说出口的并不是感激的话语。

“嗯嗯，这件事情已经决定了吗？接任的老师也定下来了？”

她的语气好像在说，这件事很荒唐。

“已经决定了。昨天开了教员大会。有什么不妥吗？”

“妥当不妥当，我没有说话的权利。不过，我有点为难。”

如果母亲在旁边，肯定会责备大石老师。但母亲那时正巧出去买点心了。校长先生哈哈大笑。

“为什么事情为难呢？”

“那个……我和学生们约好了，还回海角村上课。”

“这可太让人吃惊了。但是你怎么去上课呢？刚才你母亲也说了，还有好一阵子不能骑自行车，所以才这样调整一下。”

已经没办法了。这么一来，她更加怀念海角村了，有些不甘心地问道：

“接任的老师是哪位？”

“后藤老师。”

“呀！”

大石老师刚想说实在过意不去，又慌忙停下了，她有些担心后藤老师该怎么去海角村上班。后藤老师马上就四十了，晚婚的她有个还在吃奶的孩子。虽说她住得比自己离海角村稍近些，但也有六公里的距离。天气一天天冷下去，她该怎么去海角村上班啊。一想到这里，对后藤老师的同情和对海角村的留恋在大石老师心中交织在一起，她忽然扬了扬眉头。

“那，校长先生，能不能这样办呢？等我的脚完全好了再换回来，现在先拜托后藤老师帮忙代一下课……”

她觉得提出了一个不错的建议，没想到校长先生的回答却出乎意料。

“你太顾忌人情礼仪了，久子。你不用那么操心。现在这样正好。后藤老师主动希望去海角村的。”

“啊，怎么回事？”

“原因有很多。主要是上了年纪，明年就该轮到她退休了，如果去海角村，还可以延长三年多。这么一来，她就高兴地决定了。”

“啊？上了年纪？！”

三十八九能算上了年纪吗？怀里还抱着吃奶的娃娃就算上了年纪吗？大石老师惊呆了，一时说不出话来。母亲不知什么时候从外面回来了，端出盛满水果的盘子，为女儿没礼貌的态度感到不安。

“久子，你这是干什么！难得校长先生一片好意，你怎么就不能好好道谢？你安安静静地听校长先生说。打刚才起，你就一个劲儿和校长先生唱反调……”

母亲跪坐在校长先生面前，双手伏地道歉说：

“实在很抱歉,都是我没管教好。这个独生女儿被我宠坏了，说了些失礼的话。但学校里的事情，她的确时时刻刻都惦记着，经常说要早点去上班，早点去教课。托您的福，她能调去总校上班了。我想再过个十多天，她应该可以搭乘公共汽车去上班了。她这样任性的孩子，还请您多多包涵。”

原来想让女儿说的话，现在母亲一个人说了出来，还多次低头致谢。她不断地用眼神示意女儿，可大石老师还惦记着后藤老师的事，装作没看见。

“这么说，后藤老师已经去海角村上班了？”

校长先生觉得这个性格有些古怪、脾气别扭的女孩很有趣。

“她还没去。要是有必要，可以再开一次教员大会取消这个决定。后藤老师可是会失望的哟。”

只有母亲还在担忧和不安。校长先生对她说：

“她的脾气真像大石君啊，顽固起来尤其像。怎么说呢，还在上小学时他就带头罢课了，真是前所未闻。”

说着，他哈哈大笑起来。这些话，大石老师以前就听说过，据说父亲上小学四年级的时候，有一次被班主任冤枉了，很是生气，就怂恿班上同学罢课一天。校长先生和父亲是同班同学，当时也很同情父亲，和大家一起去村公所要求换老师。今年春天去校长先生那里谋求教职时，第一次听说了父亲少年时代的故事，母女俩都笑了。父亲这些事情，校长先生仅仅是当作回忆笑着讲出来，却给大石老师带来一种奇妙而真切的感受。

校长先生回去后，大石老师独自陷入沉思。母亲安慰她说：“这样不是很好吗，久子？”

但是大石老师还是沉默着。那天晚饭也吃得比平日少。她一直想到深夜，终于开口对母亲说：“或许是挺好的吧，对我是，或许对后藤老师也是。”

距母亲说“这样不是很好吗”已经过去了四个小时，母亲终于放心了。

“那就好，那就好。久子，现在一切都很顺利。”

老师又想了一会儿，明确地说：

“那倒还没有。一切还没有那么顺利。至少得为后藤老师想想。什么上年纪了，实在失礼啊。”

母亲似乎觉得女儿太激动了，不再和她争论，和气地说：

“算了，睡觉吧。时间很晚了。”

第二天一早，大石老师下定决心，坐船去了海角村。船老大和小鹤的父亲一样，是老松树村的丁零店老板，摇着渡船、拉着板车过日子。这是十月末一个无风的早晨。天空和大海都是蔚蓝一片，海上的空气有点凉，大石老师抱着双臂。

“啊，真冷。该穿夹衣了，大爷。”

“这算什么。一会儿太阳出来就没事了。现在可是最好的季节呢，不热也不冷。”

今天大石老师穿了件平日很少穿的碎白点哔叽布和服，配了条蓝紫色裙裤，侧身坐在铺了草席的船舱中，裙摆盖住了双脚。在这片深蓝色的大海上，小船仿佛承载着老师的一颗心，在有节奏的摇橹声中笔直前进。两个月前哭着渡过的大海，她如今却精神抖擞地再次渡过。

“这次吃了不少苦头吧？”

“是啊。”

“年轻人，骨头软，折了也好得快。”

“不是骨头也不是肌肉的问题，是那个阿基里斯腱，说是比骨头的问题还难治。”

“哦，这可不得了。”

“不过，没有人存心让我吃这种苦头。受伤也是没办法啊。”

“吃了苦，还去告别，好人哪。哎嗨，哎嗨……”

船老大摇着橹，合着动作，话语非常短促，“哎嗨，哎嗨”地喊着号子用力摇。大石老师也呵呵地笑了，合着他的动作说：

“话是这么说。只是您也知道，那些一年级孩子瞒着父母跑来看我，不去告别，说不过去啊。哎嗨，哎嗨……”

大石老师咯咯地笑了。船老大也开心地说：

“做事就要，下决心，好好干。人情世故，不就这么回事。哎嗨，哎嗨……”

大石老师忍不住捧腹大笑。在海上不用在意其他人，在笑声与摇橹声的伴随下，小船缓缓地驶入海湾，终于靠近了对岸的村子。晨雾还没有散去，海角村的人们已经开始了一天的工作，四处不断传来轻微的声音。现在，那些孩子们正在干什么呢？骑自行车来上班时，刚到杂货店门口就看见匆忙跑过来的松江，经常在码头上等候的松鸡，三天必迟到一次的仁太，早熟的增野，永远客客气气的早苗，一学期两次在教室里尿裤子的吉次……这些孩子的形象一个接一个在脑海中盘旋。这些小不点可有能耐了，竟敢偷偷跑去老松树村。她不禁想起了那天孩子们一双双满是尘土的小脚。真是可爱的孩子，她开心地笑得浑身颤抖。

那时，孩子们让我吓了一大跳，今天我会让大家吓一跳的……第一个会遇到谁呢？小船载着她那快乐的幻想前进，海角村载着绿色的小树丛和矮小的黑色屋顶，滑行般靠近跟前。有两个女孩子站在沙滩上正看向这边，看起来不像是一年级的孩子。她们好像很惊讶，目不转睛地盯着小船。在鲜有变化的海角村，不管是海上来客还是陆上来客，都会很快被发现。好奇的目光瞬间聚成一团。站在岸边的孩子已经增加到了五个、七个，不一会儿，人越来越多，吵吵闹闹的，老师也能看清他们每个人的脸了。但是没有一个孩子认出来这是穿着和服的女老师，他们板着脸盯着来客看。老师冲他们笑，他们也没认出来。

等得不耐烦了，老师举起手，岸上的吵闹声越发响亮，有人叫了起来。

“我就说是女老师嘛。”

“女老师！”

“女老师来啦！”

海边聚集了一大堆欢迎的人，还有许多大人不知什么时候也来了。船老大扔过去的船缆，在欢呼声中被大家拉到身边。因为太用劲了，小船甚至被拉上了沙滩，引起阵阵欢闹。欢笑声平静下来后，大家簇拥着老师向学校走去。路上遇到的人们都问候她：

“您的伤怎么样了？我们可担心了。”

老师也挨个回礼道谢。

“谢谢您的关心。前阵子还承蒙您送来大米,实在过意不去。”

“别客气，只是一点小心意。”

走了一会儿，遇到一个扛着锄头的人。他正在解扎在头上的手巾。同样问候一番后，老师说：“前些日子承蒙您送来漂亮的蚕豆，太谢谢了。”

那人听了，笑着说：“不不，我们家送的是芝麻。”

老师一下子注意到自己老实过头了，决定不再具体说是米还是豆子了。因为她只工作了一个学期，除了一年级学生的家长，还有好多人不认识。接着又遇到一个看上去像渔夫的人，她心想送鱼的也许是这个人，于是低下头小心翼翼地说：

“上次承蒙您送来许多慰问品，真是谢谢了。”

那人忽然变得很慌张。

“不不，原是想送点东西过去的，只是送晚了，没有赶上。”

老师也慌乱起来，红着脸说：

“呀！实在不好意思。我弄错了。”

这要在以前，肯定会有人说，女老师是在催要慰问品。那人离开后，孩子们都笑了，有个男孩说：

“老师，清六家从来不会往外送东西，只会要东西。就算是上山干活，想撒尿了，不管有多远都得跑回自己家的地里撒。”

大家全都哈哈大笑。这件事她以前也听说过。清六家的儿子正上四年级，班里就他一个人总是不带音乐本。那时还以为是忘了带，有次问他，他低着头好像要哭出来了。旁边并排的学生帮忙说：“他家里说学唱歌也挣不了一分钱，所以不给他买。”

下一次唱歌课时，老师送了一个音乐本给那个叫清一的孩子，他很开心地收下了。他连教科书也是用别人用过的旧书，还听说他们家在村子里是第二有钱的。今天清一不在，老师松了一口气。

“老师，脚还疼吗？”

最先发问的是仁太。也许是看到老师没有拄丁字拐，可走路还有点一瘸一拐的，仁太有些难受。

“老师，还不能骑自行车吗？”这次是小鹤在问。

“嗯，再过半年，也许能骑吧。”

“那老师以后坐船来学校？”

老师没有回答松鸡的问题，只是摇摇头。琴江惊讶地问：“呃，那么您要走着来？那么远的路要走着来？”

琴江永远忘不了那八公里的路途。饿着肚子，心里又害怕，她第一个哭了出来。为了不被小伙伴们排挤，琴江是把书包藏在竹林中再出发的。坐船回来时，她也是独自闷闷不乐。她很担心，不知会挨怎样的责骂。但是来接她回家的奶奶比哪位家长都着急，还没等架上跳板，就噌噌地蹚着海水跑过去，第一个把琴江从船上抱下来。这群孩子像凯旋归来的将军，隆重地从跳板上走下来，与迎接他们的家长汇合。只有琴江和奶奶哭了。等她们俩绕道去竹林里取了书包往回走时，已经恢复了平日的样子。

“以后可不能再这样不说一声就出去。有事一定要先说了再去。”

“要是先说了，您就不会让我去了。”

“是哦，还真是这样。一点没错。”

奶奶笑着说，那笑声无力地颤抖着。

“可是，不管怎么样你都得吃饭啊。不吃饭对身体不好。”

琴江听了，想起在老师家吃到的油炸豆腐乌冬面。那美味的乌冬面光是想着，口水就要流出来。那时饥肠辘辘，油炸豆腐乌冬面的美味也增加了好几倍，深深地刻在了琴江的味觉中。

后来她多次提起油炸豆腐乌冬面，每说一次就想起大石老师，想起大石老师就想起油炸豆腐乌冬面。现在老师意外地来了，她又一次想起了那条遥远的道路和那碗油炸豆腐乌冬面，于是问了出来："那么远的路要走着来？"

不管是琴江还是其他孩子，都认为今天是迎接老师重回学校。看着孩子们毫不怀疑的态度，老师觉得上岸后应该先明确地告诉大家自己的目的。

今天是来告别的……

如果一下船就这么宣布，想必会马上生出离别的气氛。老师感到懊恼，她接着琴江的话，慢慢地说着：

"是啊，路很远呢。要是我一瘸一拐地走那条道，还不得走到天黑呀。所以，这样是行不通的。"

即便她这么说了，孩子们还是没理解她的意思。船主家的森冈正以自家特有的想法说道：

"那么老师，您坐船来吧。我每天去接您。到老松树那边算不了什么。"

森冈正最近学会摇橹了，他也时常为此得意。老师不禁笑了。

"对哦，傍晚时你也送我回去吗？"

"嗯。对吧。"

后半句是对松鸡说的。他好像有点不安，希望松鸡能够帮他。松鸡也点点头。

"太谢谢你们了。不过，有点为难啊。如果能早一点知道就好了，老师已经辞职了。"

"……"

"今天，我是来和大家告别的，来和大家说再见。"

"……"

孩子们全都不吭声了。

"另外一位女老师马上就会来。大家一定要好好学习。老师很喜欢海角村，不过现在看这脚的情况，实在是没有办法了。等我的脚好了再来。"

大家一齐低下头看着老师的脚。早苗的双眼充盈着泪水，在眼中一闪一闪的，她用力睁大眼睛，努力不让眼泪流出来。早苗这个孩子不爱用话语表达自己的情感，看到她眼中的泪水，老师的眼睛里也同样涌出了泪珠。就在这时，像捅了马蜂窝一样，增野忽然哇地大哭起来。接着，琴江和美佐子，还有个性要强的小鹤也抽抽搭搭地哭了，简直是哭声大合唱。海角村分校挂着旧校牌的石门两侧种着大柳树和松树。大柳树下，女老师身边围着三十四五个学生，她毫无顾忌地流着泪。增野是第一个哭的，也哭得最厉害，吉次和仁太也都要哭出来了，只是还在努力强忍住。大一点的学生中有人觉得有趣，在一旁看着。男老师从办公室的窗口看到这一切，赶紧趿拉着那双用旧皮鞋改成的拖鞋跑过来。

“怎么了？难得女老师来一趟，你们应该高高兴兴迎接才对啊，怎么全在这儿大哭大闹呢？让开让开，女老师，快请进来。”

没有一个人动，大家还在抽噎。

“哟哟哟，女老师，还有孩子们，你们究竟怎么了？要哭，那就让你们哭个痛快。要哭就尽情哭吧。哭吧哭吧。”

男老师啪嗒啪嗒趿拉着那双旧皮鞋改的拖鞋走了，大家这才笑了出来。“哭吧哭吧”听起来实在好笑。

上课的木板敲响，今天的课程也要开始了。大石老师本来打算在上课前和大家正式告别后回家，可是说完了告别的话语，好像被什么东西牵绊住了似的，走进了一二年级的教室。看到好久没见的女老师，大家都很开心。

“那么，就和大家一起上完这节课，然后再分别吧。这节是算术课，不过也可以上别的。大家想上什么课？”

老师、老师，孩子们喊着一个个都举起手。还没等老师点名，增野就嚷了出来：“唱歌！”

教室里顿时响起了欢呼声和拍手声。大家都赞同这个意见。

“去海边唱歌吧。”

哇！又是一阵欢呼声。

“老师，去海边唱歌吧。”增野一个人带头喊着。

“那么，我去和男老师说一下，大家送我到海边吧。正好船还等着我呢。”

啪啪啪，响起一阵拍手声。嘟嘟嘟，还伴随着拍桌子声。与男老师商量后，大家决定一起送她去海边。十二个一年级学生围着一瘸一拐的女老师走在前面。男老师跟在最后，推着那辆从女老师受伤开始就一直落灰的自行车。路上遇到的村民们也跟着一起来到海边。

“这次可不能再有人哭了啊。”

大石老师挨个打量着孩子们的脸。

“来，咱们拉钩。小增也不许哭哦。”

“好。”

“小琴也不哭。”

“嗯。”

“早苗也不哭。”

“好。”

她们几个是最爱哭的，女老师想着和她们拉完钩就没事了，和大家一个一个钩着小小的小指头，来到了海边。仁太大声问：“唱什么歌？”说着，他看向增野。

“当然是《萤火虫之光》了。”

男老师说。可是一年级学生还没学过《萤火虫之光》。

“那么就唱一年级学生学过的歌吧，像《学习吧学习》。”

男老师希望孩子们能唱自己教的歌曲。但增野早早就嚷了起来：“唱《山中的乌鸦》！”

她好像十分喜欢《山中的乌鸦》这首歌，率先唱了起来。

山中的乌鸦送来了，
红色的小信封

虽然她还是一年级学生，领唱的功底却很老练。天才还是有的。她就是能让大家跟着一起唱。

打开一看，上面写着，
月圆之夜烧山，真可怕

村子里也来了很多人，和女老师打招呼。大石老师一边唱着歌一边上了船。

刚想写回信，睁眼一看，
面前却是一片红红的枫叶。

大家唱了一遍又一遍，不知什么时候，歌声停下来了。望着慢慢远去的小船，大家的喊声也越来越轻，却一直持续着。

“老师……”

“请一定再来啊！”

“脚好了一定再来啊！”

“说好了啊。”

“说——好——了——啊——”

最后是仁太的声音，再后来就听不清了。

“孩子们真可爱啊。”

船老大这句话让女老师回过神来。但她的眼睛还是无法离开那些站在海边的人们。

“是啊，大家真的都是好人啊。”

“要知道那村子自古以来就很难打交道的。”

“嗯嗯，这样的村子只要摸准了脾气，就会对你非常好。”

“还真是这样。”

阳光强烈，海风直接打在脸上，女老师仍目不转睛地望着远方已经小成芝麻粒的人影，想把海角村的一切刻在心底。只回响着摇橹声的海面上，孩子们的歌声又再次回荡在老师耳边，他们圆溜溜的眼睛，在老师的眼帘深处闪烁着光芒，始终没有消失。

花之绘

今日的海色与山景，依然和昨日一样。走在细长海角的山路上去总校上学的孩子们，也在同样的时间与同样的地方活动。仔细一看，有几个人的样子发生了变化。或许是这个原因，大家的表情中就像周围树木刚发的新芽一样，有种新鲜的感觉。孩子中间有竹一，还有“松鸡”矶吉和“吉精”德田吉次。增野和早苗也随后赶来了。

从他们相貌的变化可以看出，从故事开始到如今已经过去了四年。这四年间，在“一亿同胞”的喧嚣中，他们的生活也和村子周围的山景海色一样，依然如昨日吗？

他们没有想过这些，只是在自身的喜悦和悲伤中成长着。他们顺其自然地成长，从没有想过自己处于巨大的历史洪流中。那是变化剧烈的四年，但是，他们当中从没有人会考虑这些。因为他们实在太小了，而且历史是在这些幼小儿童考虑不到的地方形成的。四年前他们进海角村分校上学前的三月十五日，第二年他们刚升入二年级时的四月十六日，呼吁解放人类、探索日本改革的新思想遭到了政府的压制，许多人被关进监狱。这一切，海角村的孩子们都不知道。在他们脑海中盘旋的只有一件事，那就是世道越来越不景气。他们不知道这与整个世界相关，只是单纯地觉得不景气不是具体因为谁，世道不好，就必须节约过日子。他们知道了东北地区和北海道发生大饥荒，每人带了一分钱捐到学校。其间，陆续发生了九一八事变、一·二八事变，就连海角村都有几个人因征兵走了。

在这样剧烈的历史变动中，幼小的孩子们吃着麦饭，依旧茁壮地成长。他们不知道有什么样的前途在等待自己，只是为成长感到高兴。

升入五年级，他们还是买不起一双流行的运动鞋，但觉得世道不景气不是人力可以逆转的，也就满足于一直在穿的草鞋，新草鞋就让他们感到很开心了。所以看到森冈正的帆布鞋时，大家的目光都被吸引过去，哄闹起来。

“呀，丸子，你的脚上发光了。啊啊，刺眼。”

还没等大家说，森冈正就有些难为情，甚至后悔穿这双鞋了。女孩子中穿球鞋的只有小鹤一个人。每抬一次脚，鞋子就晃荡着要掉。最后小鹤只好把鞋脱下来拿在手上，光着脚恨恨地打量着鞋。有个六年级女生把自己的草鞋脱下来和她换着穿，大声说：

“哇，这是十文半[①]的鞋，我穿着都还大呢。”

想必是准备给小鹤穿三年的鞋，小鹤很头疼。还是草鞋穿着走路舒服。松江笑着对叹气的小鹤说：

“喂，小鹤，你看我的便当，在这里还热乎着呢。”

说着，松江拍了拍腰间。

“是有百合花图案的便当盒吗？”

小鹤的表情在问，什么时候买的？松江一下子无精打采了。

“不是，爸爸要等到明天才给我买那个。”

说完，松江突然醒悟过来。她想起了三天前发生的事情。

那天她听说美佐子和增野都买了盖上绘有百合花图案的铝制便当盒，便对母亲说：

“小增和小美都买了百合花图案的便当盒，也给我买一个吧。”

“好好。”

“真的给我买？”

“好好，一定给你买。”

“是百合花哦。”

“反正不是百合花就是菊花。”

---

①日本鞋和布袜的尺寸单位，十文半约为25.5cm。

“那赶紧去拜托丁零店买吧。”

“好好，你别这么急。”

“看，您光知道说好好。妈妈，我现在就去丁零店啦。”

这么一说，她妈妈才认真起来，不再用“好好”敷衍她了，连忙说：“稍微等一下。谁帮你付钱啊？不等你爸爸挣钱回来，那还不丢人啊。过些日子，妈妈一定帮你找个比铝制便当盒更好的来。”

这么说着，母亲把这件事打发过去了。她为松江找出一个旧旧的老式柳条包便当盒。松江失望得哭了起来。她知道现在没人用柳条包便当盒了。世道不景气也影响了父亲的工作，父亲是个木匠，没有接到活儿的日子里只能打零工帮人割草。所以她也明白，家里连一个便当盒也买不起。但是松江无论如何都想要一个。如果现在收下柳条包便当盒，家里就永远不可能给自己买百合花图案的便当盒了。她一个劲地抱怨，最后哭了起来。但母亲就是不让步。

“世道不好，你得将就一下。等下个月生意好了真的给你买，不行吗？松江，你是家里的老大，你要不懂事，妈妈怎么办？”

可是松江还是抽抽搭搭地哭。她不停地哭，好像不知要哭到什么时候似的，想来很是伤心。如果这么继续哭下去，就真不知要哭到何时了。终于，发生了一件事，让她不再哭了。

母亲用紧张又坚定的声音说：

“松江，便当盒一定会买给你的。妈妈可以和你拉钩。不过，你得立即跑去接生婆那里，请她赶紧过来。顺便把杂货店大娘也请来。不应该这么快呀，真奇怪。”

最后那句话，母亲好像是自言自语。松江看到母亲从储藏室里取出被褥铺开，便停止了哭泣，匆忙跑出家门。小小的身子就像被扔出去的飞石一样奔跑着。她的心里涌动着期望，因为母亲说可以和自己拉钩。接生婆住在本村最边上，回来时还用自行车带了她一段路。到一个小陡坡前，上了年纪的接生婆停下自行车，说：

“你就在这儿下车吧。我得赶紧去了。”

松江点点头，下了车跟在自行车后跑。自行车渐渐远去，消失在了山中。自从大石老师骑了自行车后，女人骑车也流行起来，不再是什么稀罕事了。望着接生婆骑车远去的身影，松江不禁想到，要是每天早起一步一步走去镇上干活的父亲也有一辆自行车，该多方便啊。

松江跑回家一看，小娃娃已经生出来了。杂货店大娘扎起衣袖，正忙碌地打水，看到松江，她说：

“松江，你多辛苦一下，赶紧去把灶点上。”

她提着一桶水倒进锅里，小声说：

“是个小女孩，不足月呢。不过这样也好，松江。也许你爸爸会因为又是个女孩感到不开心，不过女孩子好啊。虽然不能尽什么忠义，可过个十来年，就像松江一样，保不定会很有出息呢。”

松江也听不懂她在说什么，只是在灶下烧火。松江家没有老人，从很小的时候开始，每当母亲有点什么事，就总是松江在灶下忙碌。

第三天，松江要第一次带便当去总校上学。躺在储藏室里的母亲叮嘱她，把热气腾腾的米饭从灶上装到便当盒里。

“你爸爸那两个便当盒要装得满一些。你那个装松一些。要知道你那便当盒大多了。梅干要塞在饭里面，别露出来。不然会把盖子顶个窟窿的。”

母亲据说是产后失调，正皱着眉，头上扎着毛巾卧床躺着。而年幼的松江并没有注意到这些。

“妈妈，真的给我买百合花的便当盒吗？什么时候买？”

“等妈妈起来就买。”

“起来那天就去买？”

“对，那天就买。”

松江很高兴，不再在意父亲借给自己的铝制便当盒的大小了。这个便当盒可以轻松装下这个年纪的女孩子吃的三倍的饭菜。她根本没想过这个又大又深的便当盒带去小学的教室里有多可笑，只觉得这个便当盒比柳条包好，传递到身上的热乎劲也在温暖她的心。面对小鹤的问题，她虽然马上回答说明天，但明天是买不来的。也许后天会买给我，想到这里，她又一个人开心地笑起来。松江怀着这样温暖的心情出发了。不仅是松江，不知为什么，大家都很高兴。增野穿着新的水手服，正得意着。琴江穿着奶奶编的草鞋，草屐带还是用红布编的，她也很开心。早苗穿了件像大学生穿的细条纹夹衣，她很在意红色衬里，不时低头去看。早苗的母亲担心这件衣服太素被人笑话，便说：

“衣服太素会被人笑话，用红色里子衬托着分外好看。这衣服适合早苗。你穿上显得更秀气了。走路时衣服下摆不时闪出红色衬里，漂亮，太漂亮了。太棒了。”

听母亲这么一夸，早苗就真的相信了。穿和服的只有琴江和早苗两个人，琴江也穿了件像是母亲穿过的黑色老鹰图案平纹粗绸和服。衣服整体上似乎没有改，就在腰和肩上打褶收了一些。不过，她最得意的还是那双编着红色草屐带的草鞋。经过竹林旁的草丛时，琴江忽然想起了大石老师，不禁向大松树方向看去。

“小石老师！”

她在心里亲昵地喊着。小鹤走了过来，好像听到了她的呼喊似的。

“小石老师的事，你知道吗？”

“什么？”

发现她不知道，小鹤又转向早苗。

“你知道吗，早苗？”

“什么事？”

小鹤四处张望了一圈，大声说：“大家知道小石老师的事情吗？”

消息向来是小鹤传出来的。大家马上围住了小鹤。得意的小鹤照例睁大那双好像用竹叶裁切出的细眼睛看着大家。只是那双眼睛不管怎么瞪，也不会变大。

“关于小石老师，那个，有个好消息。”

接着，她趴在增野耳边轻声嘀咕了一阵，好像就她们俩知道，觉得很得意。没想到增野忽然大声喊了出来：

“哇！要做新娘子啦？”

小鹤好像还有话要说。

“那个，还有呢。”她不慌不忙地说，“干脆告诉你们新婚旅行的地方得了。”

“嗯。”

“哦。”

“他们要去的地方，有‘金’，有‘比’，还有‘罗’。”

“我知道啦。他们去金比罗。”

“对啦。”

响起一片哇啦哇啦的欢笑声。走在前面一百米开外的六年级男生们回过头来看了看，又继续向前走。大家也赶紧跟在后面，嘴里还在继续聊小石老师的事。大家这才知道，原来是前天的事，小鹤昨天听她父亲讲的。增野认为做了新娘子出嫁后，小石老师肯定会辞去学校的工作。小鹤赞成她的想法，在自己的美好记忆中，小林老师也是因为结婚辞职的。但也是增野最先说出不希望老师辞职的。难得的是早苗和琴江也赞同，早苗对琴江说：

“好想再见一次小石老师。”

“嗯，什么时候能再见啊。乌冬面太好吃了。”琴江说。

大家又清晰地想起了四年前的事。小石老师今天会来学校吗？对大家来说，这成了大问题。他们不知不觉加快了脚步。增野连走带跑地说：

“咱们打赌吧。小石老师是来还是不来？”

“好啊，赌什么？”小鹤立即接腔。

“输了就，嗯……嗯，敲五下手。”

森冈正说。增野马上举起右手。

“敲五下手，输了也没什么。我赌老师一定来。”

“我也是。”

“我也赌会来。”

大家都说小石老师会来，根本没有人赌不来。到了学校，这赌也没有打成。到底是新入学的五年级学生，大家都一脸严肃地走进校门。无意中一看，小石老师正从办公室窗口看向这边，招手让他们过去。大家立即跑上前去。

“我在想该来了吧,快来了吧,一直等着你们。大家等我一下。”

说着，小石老师从办公室里走出来，领着大家向河堤走去。她打量着每个人的脸，说：

“大家都长大了呀。现在都快赶上老师了。呀，小鹤，你马上就超过我了。”

她和小鹤比了比个头。

“唉，输了。不过也没办法啊，我是小石老师嘛。”

大家都笑了。

“都怪你们叫我小石老师，害得我总也当不成大石老师。”

大家又笑了。但光是笑，没有人说话。

“呀，大家可真老实啊。升上了五年级，怎么这么老实了呢。”

虽然老师这么说，大家还是笑嘻嘻的不说话。因为他们觉得小石老师和几年前相比好像有些不一样了。皮肤白了许多，走近她身边，还有一股紫罗兰的香味传来。大家知道，这就是新娘子的香气。

“老师。”增野终于开口了，“老师，您教我们唱歌吗？”

“教。不单教唱歌，这次我是你们的班主任。”

一阵欢呼声响起，大家忽然开始无拘无束地聊天。不断有人叫着“老师，老师”。大家不停地喊着老师，把海角村发生的各种事情，连那海的颜色和海风都要告诉老师。琴江的奶奶最近突发脑溢血去世了；松鸡的母亲因风湿症卧床不起；早苗脑门上的擦伤，是前几天和美佐子搂着肩单脚跳时从路上跌到海边弄的；吉精家的三只小猪得了猪瘟死了，他母亲也病倒了……大家聊个没完。

小鹤抓住老师摇着，问：

“老师，你知道仁太为什么没有来吗？”

“是啊。我还想问你们呢。仁太怎么了？是生病了吗？”

大家都没有马上回答，相互看了看，笑了。连老师也跟着笑起来，心想仁太一定又做了什么古怪的事。

“到底怎么了？生病了吗？”

老师看着早苗问。早苗没吭声，摇摇头，闭上了眼睛。

“留级。”美佐子回答。

“呀，真的吗？”

老师很吃惊。小鹤好像要逗老师笑似的说：

“他还老是拖着鼻涕呢。”

大家笑了，老师却没有笑。

“这是胡说的吧。拖鼻涕就要留级的话，那大家在一年级的时候都得留级。他是生病了，请了很长时间的假吧。”

“可是，是男老师那样说的。他说大家都是流着鼻涕逐渐长大，只有仁太都四年级了还改不了，所以得再上一次四年级。”

小鹤的话引得大家都哼哼着抽了抽鼻子。老师也不由得笑了，随即又担心起来。上课的钟声响起，老师和大家分手回到办公室。她还在惦记仁太，嘴里轻声嘀咕着“真可怜”。想到仁太留级后和弟弟三吉同班，得再上一遍四年级，她心里就很难受。大家都是流着鼻涕逐渐长大，如果男老师真的这么说了，那么让仁太留在四年级，就好像让他一直拖着鼻涕似的。大个子仁太的天真会因此消失，对他来说会是一生的不幸。今天仁太一个人被留在分校的寂寞，紧紧地堵在她的心头。那句话反复盘旋在她的耳边。

流着鼻涕逐渐长大。

流着鼻涕逐渐长大。

仁太怎么就一个人被留下来了呢？

大石老师想找竹一问问情况。等到午休时，她走出办公室，走到河堤边能一眼看到整个操场的大柳树下站住。她没找到竹一，首先看到了松江。松江不知为什么一个人无精打采地靠在校舍墙边。老师招招手，松江很快跑到河堤下，她那双和她母亲一模一样的眼睛微笑着。老师伸手去拉她，她的表情更像母亲了，露出不好意思的笑容。被拉上河堤的松江并不知道老师想问仁太的事，她急迫地和老师打招呼，好像要从那憋屈的心情中逃脱似的。

“老师。”

“什么事？”

“那个，那个，我妈妈生了个女孩儿。”

“真的吗，祝贺你。叫什么名字？”

“那个，还没有名字。前天刚刚生的。明天，后天，大后天……”

松江慢慢地掰着三根指头。

“六日起名字。这次，我要想一个我喜欢的名字。”

“哦，你想好了？”

“还没有。刚才有个名字一闪而过。”

松江开心地笑了笑。

“老师。”她叫了一声，这次好像要说另一件事。

“哎哎，好像很开心呀。什么事？”

“那个，妈妈能起身后，就给我买铝制的便当盒。那种盖子上有百合花图案的便当盒。”

松江吸了一口气，发出轻微的声音，脸上充满了喜悦。

“真的？太棒了。有百合花图案的啊。对了，那小娃娃的名字就叫这个？”

松江耸耸肩，好像要用全身来表现她的害羞和喜悦。

“还没想好呢。”

“嗯，快想想吧。就叫百合怎么样？百合子或百合绘？老师喜欢百合绘。近来叫百合子这个名字的人太多了。”

松江点点头，开心地抬头看着老师。老师仿佛是第一次看到松江的眼睛流露出温柔的神情，满含感情地注视着松江那双长睫毛下的黑眼睛。暂时放下仁太的事情，老师的心情平静下来。松江的喜悦要比老师多好几倍。刚才她没有告诉老师，中午大家吃便当时，她带的那个父亲的大便当盒被小鹤和美佐子笑话了。所以她才离开大家。但现在心情好像夏草得到朝露滋润、恢复了元气般振作起来。自己一个人得到老师特别的关心，那种喜悦原想作为秘密留在心中，但那天回家路上，她还是忍不住说了出来。

“我们家的娃娃，起名叫百合绘怎么样？”

“百合绘？不好，还不如百合子好听。”

小鹤顶回来一句。松江挺起胸得意地说：

“小石老师说百合绘好，这名字少见。”

小鹤故意跳起来说：

“哎，为什么是小石老师说的？喂！”

她打量着松江的脸，好像要在上面找出什么东西来。

“啊，我知道了。”

她把并排走的美佐子拉到后面，轻声说了一阵，然后又挨个凑在富士子、早苗、琴江耳边说：“对吧，是这样的吧。”

那三个老实孩子弱弱地没有说话，表示她们不赞成小鹤的意见，小鹤想孤立松江的企图破灭了。和小鹤脾气最相投的增野今天去了母亲的店里，没有在场，小鹤的势力减弱了不少。她跟大家说，松江为了得到老师的偏爱，一个人跑去巴结老师。没想到自己反而被孤立了，小鹤很不高兴，赶紧不吭声地一个人走在前面。大家也都沉默地跟在后面。

拐过一个山头时，走在前面的小鹤忽然站住了，看向大海。大家也都停下来看向同一个方向，就像大雁跟随领头雁似的。小鹤抬腿走，大家也跟着走。但不知不觉间，大家的视线集中到了海面上，忘了走路。

小鹤是一开始就知道了，还是现在和大家一起注意到的？春天静静的海面上，一艘渔船飞快地疾驶，船上有两个头上扎着毛巾的男子正用力摇橹。两支橹划过，在水面上带起很宽的水纹，驱使着船向对岸的镇子飞奔而去。望着远去的小船，她们再也顾不上吵架了。

怎么了？谁家出事了吗？

大家目不转睛地看着，船橹漾起的水纹消失又重现，让大家明白海角村里突然发生了大事。能看到船舱里铺着被褥，有人躺在上面。一定是谁得了急病。但是，渔船很快就远去了，看不清是谁。那简直就像瞬间消失的一个梦，只留下飞鸟的影子。不过，没有人认为这是梦。孩子们想到了海角村里一年或两年一次，总要送患急病的人去镇上的医院。以前小石老师也是这样送去的。这次是有人受伤了，还是得了急性盲肠炎？

究竟怎么回事？是谁得了盲肠炎？

走在后面的男孩子们也聚集过来一起猜测。女孩子们都不作声，哪个男孩子说话，她们的视线就转移到他身上，盯着他的脸看。松江忽然想起今早出门时母亲的神态，一丝不安如黑影般笼罩住了她的心头。不可能是这样的，她用力打消这个念头。但是，一想到母亲不时喊头痛，皱着眉紧紧用毛巾扎住头的神态，还有额头上毛巾打结处的皱纹，那种拂拭不去的不安就涌上来。

起初，母亲是想让父亲今天歇一天不上工，可是父亲不能歇工。

“那就让松江请假好了。”

父亲这么一说，母亲也就不提了，对松江说：

“今天第一天上学，别贪玩，放学快回家。”

想到这里，松江的心怦怦地跳着，不知不觉跑了起来，赶到大家前面。其他孩子也都跟着跑起来。松江不停地飞跑，两条腿都好像绊在了一起。终于看到海角村的房子时，她膝盖不断颤抖着，双肩起伏，用力喘着气。村头是杂货店，隔壁就是自己家，看到晾晒的尿布正飘扬在空中，松江放心了，甚至差点哭出来，但下一个瞬间便呆住了，心脏仿佛要停止跳动。因为她发现在井边的人不是母亲，而是杂货铺的大娘。她如滚落的石子般冲下斜坡，跑进家门，直接奔入母亲躺着的储藏室。

但母亲不在那里。

“妈妈……”

屋里静悄悄的。

“妈妈……”

她哭了起来。隔壁杂货店传来一阵婴儿的啼哭声。

“呜，呜，妈妈！”

松江用尽全身力气大声哭喊，那声音就像一直传到了天空中，传到了大海里。

月夜之蟹

五年级的教室位于河边新建的校舍尽头。从临河的窗口望出去，围着像和服衣襟口形状的小小三角地，筑起一道高高的直抵河床的石墙。外面围了一圈高约三尺、防止危险的河堤，但这河堤不起什么作用，孩子们经常在短短的休息时间里随意攀爬，下到河边。其中多数是男孩子。河边没有一户人家，缓缓流淌的河水非常清澈，从山上流下来，到了这里才与人的肌肤接触，因此凉得吓人。孩子们仅仅用手脚碰一碰水，就已经很满足很舒服了。河水到这里才接触人的双手，渐渐变得浑浊起来。不知最初是谁说河里有鳗鱼，从那以后孩子们的关注点集中在了河底，一改此前每天在河堤上看热闹的习惯，玩起了渔夫的游戏。他们翻开河床上的石头，寻找着至今没捉到过一条的鳗鱼，可石头下爬出的只有小螃蟹。尽管如此，孩子们还是玩得很开心，看热闹和捕捞的人越来越多。这条河的水漫不过脚脖，作为游戏场所没什么危险，所以小石老师也不吭声。

“老师，我抓只小螃蟹给你。”

森冈正抓起一只小螃蟹，伸长胳膊递过来。螃蟹的腿上毛茸茸的，全身是土黄色，似乎是一种保护色。

“不要这种东西。”

“这可是能吃的，老师。”

“我不喜欢。吃了这种东西，手脚会长毛的。”

河中和堤岸上响起一阵哄笑声。不用说，窗边的老师也笑了。直到刚才，老师眺望窗外风景时的心情还和现在的欢笑截然不同。不知不觉，海角村的孩子们也聚到了河中和堤岸上，但其中没有松江的身影。这个不在眼前的身影却时不时占据老师的心。

母亲去世后，松江再也没有在教室里出现过。靠窗边，从前面数第三排的座位已经空了两个月。回想起入学那天的情景，老师买了个绘有百合花图案的便当盒当作礼物带去松江家，那时她母亲已经去世一个月了。那天正巧川本木匠在家，他悲痛地哭着说，只要小娃娃还活着，松江就没法去上学。显而易见，老师也说不出让松江上学的话，只能默默地看着她。松江背着小小的婴儿，呆呆地坐在父亲边上沉默着，眼皮肿胀，表情茫然，看起来就像头脑失去了作用。老师把便当盒放到她的膝盖上，说：

“小松，这是百合花图案的便当盒。你去上学时再用吧。”

松江点点头，好像并不是很开心。

“早点来学校就好了。”

说完，老师就被吓住了，这不意味着希望小娃娃早点死吗？老师不禁脸红了，不过松江父女俩好像并没有在意，眼睛里流露出感激的神情。

过了一阵子，听说小娃娃死了。老师为松江松了一口气，可依然不见松江来上学。问增野和琴江，她们也不太清楚情况。最终，老师给松江写了一封信。那是十天前的事情了。

松江：

百合绘小娃娃的事，真的很不幸。但事已至此，没有办法了，你要将伤心放在心里，打起精神来。什么时候能来上学？老师每天一看到空空的座位就想起你。

快来上学吧，快来吧，小松。快来和大家一起学习吧。

信交给了住得离松江最近的琴江。其实老师心里清楚，自己在信里对松江提出了很无理的要求。即便小娃娃百合绘去世了，松江家还有两个弟弟。刚升五年级的她只好以幼稚的头脑和弱小的身躯勉强承担起一家主妇的责任。无论她多么不愿意，这责任也无法摆脱。为了让父亲安心工作，幼小的松江不得不洗衣做饭。老师眼前时常浮现出姐弟三人像小鸡般一起等着父亲回家的凄惨情形。虽然法律规定这些幼小的孩子有上学的义务，却没有保护他们的制度。

第二天，琴江一见到老师就汇报：

“老师，昨天我把信带去小松家了，却碰到一个不认识的大娘。我问小松在家吗，她说不在。没办法，我只好让她把信转交给小松。”

“这样啊，谢谢你。小松父亲呢？”

“不知道。没见着。那个大娘擦着粉，穿着漂亮的和服。小鹤还说，不会要嫁到小松家吧。”

琴江羞涩地笑了笑。

“要是真的，小松能来上学就好了。”

又过了十天，学校里还是不见松江的身影。松江看到那封信了吗？老师心中忽然笼罩上一层阴影，不安地看着窗下。森冈正抓住了三只小螃蟹，放进空罐里，得意扬扬地爬上石墙。快到夏天了，三角形空地上种的杏树长得青翠茂盛，大大的树影罩在河堤上。海角村的女学生们正聚集在树荫下，迎接捉螃蟹的勇士，她们争先恐后地说：

“丸子，给我一只。”

“我也要一只。”

“我也要。”

“我早就说好了的。”

螃蟹只有三只，想要的人却有四个。森冈正一边琢磨着一边爬上来。

“你们是吃，还是不吃？”

他看了看大家，心想谁要吃就给谁。小鹤最先回答：

“吃，吃。月夜的螃蟹可好吃了。”

听到这话，森冈正笑了。

“瞎说，好吃的是暗夜的螃蟹。”

“胡说，是月夜的螃蟹。”

“呀，听说过，听说过，月夜的螃蟹又瘦又不好吃。”

森冈正很自信地说。小鹤也不服输，学着他的语气说：

“呀,听说过,听说过,月夜的螃蟹很好吃。要不就吃个试试，全都给我。”

“不,这种河里的螃蟹能吃出区别来吗,又不是海里的螃蟹。”

女孩子们听了都闹腾起来，大家七嘴八舌地问站在窗边的老师：

“老师，月夜的螃蟹和暗夜的螃蟹，哪个好吃？”

“老师，是月夜的好吃吧？”

增野和小鹤、美佐子问道。

“嗯，怎么说呢，我想是暗夜的吧……”

男孩子们高兴地大笑起来。

“听见了没，听见了没！”

老师笑着说：“不过，好像又觉得是月夜的……”

女孩子们开心地举起双手跳起来。大家都觉得这样吵闹很好玩，没有人会当真考虑这种问题，只有森冈正认真地抬头看着老师。

“老师，不许胡说八道！”

女孩子们又是一阵吵闹。

“他骂老师了。”

“喂，丸子骂老师了。”

森冈正搔搔头，等大家安静下来，很认真地说：

“那个，老师。我说的是有道理的。到了月夜，螃蟹会傻傻地将我们的影子当成妖怪，就吓瘦了。而暗夜里，影子照不出来，它们就能安心地长肉。所以月夜里拉网的人，捉到螃蟹也会放走，干瘪干瘪的，不好吃。留到暗夜再抓时，那肉就变得厚实有嚼头，可好吃了。真的，老师。您要不相信，可以吃个试试。”

“那么，大家一起试试吧。”

老师开着玩笑。这一天就这么过去了。没想到第三天，森冈正真的带了月夜的螃蟹来学校。第一节算术课上课前，他拿出了葫芦状的蟹篓。

“老师，你看，这就是月夜的螃蟹。又瘦又不好吃的月夜的螃蟹。”

螃蟹是早晨刚抓的，还活着，爬动时发出沙沙的声音。大家全笑了。

“你还真带来了，丸子。”

老师也笑了，没办法只好收下。螃蟹在小小的篓中四处乱爬，好像到了这种时候还要努力改变自己的命运。不知为什么，两只螃蟹的大钳子都被摘了一只，在可怜地吐泡泡，剩下的那个钳子举得高高的，好像要夹住想靠近的人。

“好可怜，老师要吃这个吗？”

“嗯，我们说好了的。”

“要不放了它们吧？”

“不，我们说好了的。”

森冈正回过头去，征求大家的同意：“对吧？”男孩子们拍着手高兴极了。

“这样吧。一会儿先让工友把它们煮了，今天上理科课时，我们来研究研究。再以螃蟹为题写一篇作文吧。”

“好。”

“好。”

大家都很赞同。蟹篓被挂在了窗边的柱子上，上课时，螃蟹一直沙沙地发出声响，逗得大家直笑。

下课后，老师取下蟹篓，向工友室走去。小鹤和琴江心中有事，跟在了后面。

“老师。”她们叫住老师，等老师回过头，说：“是小松的事。”

“小松？”

“嗯。小松昨晚搭船去了大阪。”

“什么！”

老师不由得站住了。琴江抬头看着老师的脸，很认真地说：

“去亲戚家当养女。”

“啊。”

“这样，小松家就只剩下她爸爸和男孩子了。”

“啊，那小松愿意吗？”

琴江没有回答，只是摇摇头。小鹤替她说了。

“小松说不去，一开始抱着院门口的柱子哭。小松爸爸拿她没辙，先是和气地用话骗她，小松就是不松手，后来她爸爸就用拳头打她脑袋，打她的后背。小松哇哇大哭，弄得大家都没办法。后来杂货店的大娘哄住了她，弄清楚情况后，大家都哭了。连我也难受得流眼泪。大家把她送到半路上，小松一句话都没说。是吧，琴江？后来……”

老师忽然用手帕捂住脸，呜呜地哭了起来。小鹤呆住了，不再继续说下去。不知什么时候，早苗和增野也走了过来，大家奇怪地看着老师一只手拿着蟹篓，低头用手帕捂着眼睛。大家的眼睛里也被惹得冒出了泪花。

又过了一阵子，靠窗第三排的松江的座位一直空着，有时候老师会默默地坐在这个松江只坐过一天的座位上。不久，座位重新调整了一次，那一行换了男孩子坐。从此再也没有听到松江的消息了。老师没有问，学生们也不说，松江也没有来信。大家心里已经没有松江的身影了吗？这个五年级女生都没来得及和大家告别，就不知去了哪里……

三月初，大家要升六年级了。春天已近在眼前，却罕见地下了一场雪。大石老师错过了一班公共汽车，在学校门口下车后，顾不上打伞就赶紧跑起来。冲进办公室时，她立即注意到了屋里异样的气氛，不禁站住了。她看了看屋里的十五位老师，想要问问。大家都表情僵硬，好像在担心什么。

“怎么了？”她问同事田村老师。

“嘘。”他示意大石老师安静，用下巴指指里面的校长室，小声说：

“片冈老师被警察抓走了。”

“什么！”

田村老师摇摇头，又示意她安静。

“现在警察还在呢。”

他又用眼神示意校长室，小声告诉她，警察刚才还在翻片冈老师的办公桌。大家好像都不知道事情的真相，只是围着火盆默默地坐着。直到上课的铃声响起，大家才像苏醒过来一样，向走廊走去。大石老师和田村老师并肩走着。

“怎么回事？”大石老师马上问道。

“说是共产党。”

“共产党？怎么会？”

“我也不知道为什么。”

“为什么说片冈老师是共产党？”

“谁知道呢，你问我，我也不知道。”

正巧来到了教室前面。两人微笑着分开了，不过心里却堵上了一块疙瘩。什么都不知道的学生们可能因为下雪而开心，看起来比平日更精神。站在这里，就必须抛却所有的杂念。站上讲台五年了，今天这节课是大石老师感觉时间最长的一节课。下课后回到办公室，她发现大家的表情轻松多了。

“警察回去了。”

笑着说这话的，是师范学校毕业的年轻的单身男老师。他接着说：“谁要认真去干，谁就倒霉。”

“你是指什么？拿出个老师的样子来……”

田村老师顶了他一句。大石老师什么也没有说。

据教务主任的解释，片冈老师只是被带去当证人。校长已经去领他了，马上就能回来。据说问题的核心人物不是片冈老师，而是附近镇上小学里的稻川老师，他向班上的学生宣扬反战思想。稻川老师和片冈老师是师范学校的同一届学生，所以被叫去调查。现在已经清楚了，案子和他没有关系。也就是说没找到证据。他们要找的证据是稻川老师教的那班六年级学生的作文集《草实》。在片冈老师家中和学校办公桌上都没有找到这本作文集。

“呀，要是《草实》的话，我见过。不过那作文集怎么就成了共产党的证据？”

大石老师觉得奇怪，就问了。教务主任笑了。

“所以说，老实人要吃亏。这话要是被警察听到，大石老师也会被当作共产党的。”

“太奇怪了。我看过《草实》中的作文，很感动，还念了几篇给我们班上的学生听。像《割麦子》啊，《酱油铺的烟筒》这几篇，写得很不错。”

“危险，危险。你是从稻川那儿拿的吗？”

“不是，我看的是寄来学校的那本。”

教务主任的声音立即慌乱起来。

“那本现在在哪儿？”

“在我的教室里。”

“赶紧去拿来。”

那本油印的《草实》马上被扔进火盆里，就像怕染上鼠疫似的，慌忙被烧掉了。褐色的浓烟升上天花板，从开着小缝的窗户飘了出去。

“啊，要是不烧，交给警察该多好。但这么一来，大石老师就会被抓走。总之，我们是要忠君爱国的。”

大石老师默默地看着浓烟飘远，仿佛没有听见教务主任说的话。

第二天的报纸，以《腐蚀纯真灵魂的赤色教师》这样的大标题报道了稻川老师的事情。这件事震惊了大家，简直就像用锤子敲打乡下人的头脑。平常在学生中声望很高的稻川老师顷刻间变成了叛国者。

“啊，可怕，可怕。还是老老实实的吧，不点香也不放屁。”

上了年纪的副教导主任嘀咕着。其他老师也都不发表意见和感想。只有大石老师还盯着夸大其词的新闻报道，其中有四五行字写着：稻川老师所教的学生涌进警察局，每人拿着一个鸡蛋，要求交给关在寒冷的拘留所里的老师。

今天回来上班的片冈老师好像忽然成了英雄，很受欢迎，到处被人拉住问怎么样了。仅仅一天就瘦了不少的他不停地回答，摸着青色胡茬说：

“唉，怎么说呢，现在想想还是有点糊涂。怎么能因为过去的一些事就把我当作共产党呢？说什么我参加过四五次稻川的聚会，看过小林多喜二的书。我说我连小林多喜二的名字都不知道。他们就骂我，说什么你小子，前阵子报纸上都登了，怎么不知道！这么一说，前一阵子好像是有那么一条新闻，说有个小说家死在了警察局里。”（实际上是在拷问时被打死的，不过报纸报道的是死于心脏病突发。）

“啊，有的有的，就是那个赤色小说家。”年轻的单身老师说。

“还没收了许多无产阶级的书。稻川上师范学校时就喜欢看书。”

那天上语文课时，大石老师试着冒了一次险，因为学生们早就知道《草实》和那位稻川老师的事。

“谁家里订报纸了？”

四十二个学生中大约有三分之一举起了手。

“谁看报纸？”

只剩下了两三个人。

“知道共产党是什么意思吗？”

没有人举手。大家你看我、我看你，从彼此的表情来看，他们好像是知道，可不知道具体怎么说。

“谁知道无产阶级？”

没有人知道。

“资产阶级呢？”

“我知道。”

有一个人举起了手。点名让他说时，他回答：“就是有钱人。”

“嗯，也算答对了。那么，谁知道劳动者？”

“我知道。”

“我知道。”

“我知道！”

几乎所有人都举起了手。他们有亲身经历，有所了解，能非常自信地举起手来说一说的，就只有劳动者这一项了。其实大石老师也一样，如果有学生向她寻求答案，她应该会回答：

“老师也不太清楚。”

当然，五年级学生还没有这样提问的能力。但不知道是谁把这件事透露出去了，大石老师被校长叫去警告了一顿，之后就被禁止提这种问题了。

“你再这样不小心，要出问题的。现在可不能随随便便乱说话。”

校长是她父亲的朋友，因着这种特殊关系，事情就这样过去了。但不知从什么时候开始，这件事在大石老师开朗的脸上投下了阴影。就和她原本不太在意的《草实》事件一样，难以抹去的阴影渐渐加深。

六年级的秋季修学旅行，因世道不好，取消了往年参拜伊势神宫的行程，改为去附近的金比罗宫。可就是这样的行程，还是有许多学生去不了。在农村，节俭比劳动更重要。说好了不住旅店，三餐自带便当，这才好不容易得到家长们的同意。即便如此，两个班八十个学生中能去的也只有六成。特别是海角村的孩子们，直到出发的前一天都没能决定，其中的缘由，因为孩子们彼此揭短才暴露出来。

“老师，松鸡他尿床，不能去旅行。”增野说。

“可是，这次不住旅店。早上坐船出发，晚上再坐船回来。”

“但早上的船四点就开，在船上会睡着的。”

“是可能睡着，不过就两个小时哦。大家在一起恐怕睡不着吧。对了，增野，你为什么不去呢？”

“要是感冒了就糟了。”

“哎呀呀，真是宝贝独生女啊。”

“这样可以帮我把旅行的钱加倍存起来。”

“这样啊。不过钱以后还可以再存，拿出来和大家一起去旅行不是很好吗？”

“可是，有可能会受伤。”

“呀，怎么会呢。要是出去旅行都会感冒受伤，那就没人去了。”

“大家都不去才好呢。”

“啊，和你没法说了。”老师不禁苦笑。

“老师，我已经去过金比罗了，坐我们家的船去过三次。这次就不去了。”森冈正这么说。

“哦。不过和大家一起去还是第一次吧。去吧。你家是打鱼人家，以后每年肯定还会去，但老师先提醒你哦，修学旅行去金比罗可是最有意思的。将来你肯定会这么认为。”

加部小鹤一边说自己不去，一边把木下富士子也不去的事情抖了出来。

“老师，富士子家借钱欠债很多，怎么可能去旅行呢。再过不久，她家那么大的房子就要被债主拿走了。她家的东西已经卖得不剩什么了。”

“这种事，不许乱说。”

老师轻轻敲了敲小鹤的背，小鹤吐了吐舌头。

“讨厌的孩子啊。”

老师想起了富士子家的情况。第一次去海角村赴任时，就听说她们家说不定明天就要换人住了。那房子，连仓库北侧的白墙都剥落得干干净净。出生在这个破落之家的富士子，不愧是支撑门户的人，这个少女个性冷静，喜怒不形于色。即便小鹤她们把她家里的情况直言不讳地说出来，她也只是冷冷地瞪回去，这份胸襟是谁也学不会的。她的绰号是“瘦死的骆驼比马大”，这源于她父亲的口头禅，看起来她也很满意。

小鹤她们几个性格直爽，爱谈论别人的事，别人说到自己的事情也不在意。一家人一起干活就是她们家的招牌，没有什么里和外。例如，小鹤的绰号是“吊眼皮”。她的眼皮上长过疖子，留下了疤痕，虽然不是什么厉害的伤口，但让眼皮往上吊，绰号由此而来。一般人尤其是女孩子，听到别人嘲笑自己“吊眼皮”，说不定想哭吧。小鹤却不会哭，只会心无芥蒂地反驳，就像是说别人的事情。

“别随随便便说什么吊眼皮、吊眼皮，你想吊眼皮还做不到呢。”

这话也许是她母亲说的。说起不能去旅行的原因，她也心直口快地说了出来。

“老师，我家前一阵子在标会上中标，买了艘大船，所以必须节省着过日子。去金比罗旅行,必须等我自己挣钱后才能去。”

她毫不客气地打量别人的钱包里有没有钱。不让她说别人的事情，可她还是若无其事地说:“美佐子不去是因为她贪钱，琴江和早苗是因为弟妹太多，不可能去旅行。”

不过，到了出发前两天，报名参加旅行的人忽然增加。海角村的孩子除了增野，大家全都决定去了。

起因是平常不爱说话的吉次把上山砍柴存下的钱取出来报了名。吉次既然报了名，松鸡就无论如何也不能保持沉默了。他经常走街串巷卖豆腐和油炸豆腐，挣的钱一直自己攒着。松鸡要去，森冈正和竹一也不可能不去。森冈正想起自己还有拉网挣来的钱，竹一也说要用卖鸡蛋攒的钱去旅行。节俭的海角村的孩子们原本从没想过取出存款花在这种事情上。森冈正的家里人告诉他用不着取自己的存款，但不管家人怎么劝，他依旧和竹一特地跑去了邮局。

男孩子们这样行动后，女孩子们也坐不住了。最不用担心钱的美佐子去约富士子。两人的母亲关系很好，富士子的母亲瞒着她把一个镶着螺钿的砚台盒送去了美佐子家，这样她也能参加旅行了。听说她们两人要去，小鹤再也忍耐不住了，吵闹起来。

“小美和富士子都去旅行。要不咱们家也去当点东西，让我去吧。”

小鹤真是这么说的，还死命地捶胸顿足大声哭泣。她一哭，细小的眼睛更小了，眼皮都肿了起来。小鹤的母亲笑了，和女儿一模一样的眼睛眯得像一根线，抛出了一个难题。

“小美家是有钱人。富士子家，你也知道，是咱们村的村长家。那些老爷人家，咱们可学不了。不过，要是琴江去，我就让你去。要不你和琴江商量一下？”

小鹤的母亲想必是觉得琴江一定不去才这么说。没想到，跑出家门的小鹤不一会儿笑嘻嘻地回来，耸着肩，呼哧呼哧用力喘着气说：“小琴说去。”

“真的？”

“真的，大娘在家，这么说的。”

事情进展得太过顺利，小鹤母亲很是怀疑，赶紧去打听，担心是多嘴的小鹤怂恿的。

“我们家小鹤是不是来这里胡说八道了？”

小鹤母亲小心地探问道。琴江那位皮肤像渔夫般晒得黝黑的母亲露出一口雪白的牙齿，笑着说：

“一辈子才一次的事儿，就让她去吧。尤其现在这个年龄，老是让她帮忙照顾下面的孩子，也够辛苦的。”

“说起来，我们家小鹤也是一样啊。对了，该让她们穿什么衣服去呢？”

“我打算咬咬牙给她买身水手服。”

“这可不是一点钱能买下来的。”

“唉，别这样说。买了吧，到时还可以给下面的孩子穿。”

“也是。”

“听说早苗家也决定这么做。你还是为了小鹤破费一两个钱吧。”

“噢噢。早苗也这样的话，小鹤当然不甘心。去吧去吧。那只能去当点东西了。”

整个经过就是这样。可是，到了出发那一天，早苗说有点感冒去不了。但实际上早苗既不是嗓子疼，也不是鼻子堵塞。疼的、堵的只是母亲的钱包。为了早苗送去卖的珊瑚珠簪子没能卖到期望的价格，没法买洋装。早苗的母亲不停地咒骂旧货商一个劲儿压价，和气地对早苗说：“穿和服去吧？”

早苗都快哭了。

“我帮你把姐姐的那件漂亮和服腰身缝一下，你穿着去，好吗？”

“……”

“要是你不愿意一个人穿和服去，那就别去了。要是不去，我就买洋装给你。怎么样？”

“……”

早苗的眼泪扑簌簌落了下来，紧紧咬住的嘴唇轻轻颤抖着。她实在无法判断在两者之中选哪一个好，但注意到了母亲为难得要哭的表情，立即做出决定。

“我不去旅行了。”

这些来龙去脉谁都不知道。参加修学旅行的一共六十三人，有男女老师各两位陪同，大石老师当然也在其中。凌晨四点钟大家就上了船，在船上没有人想睡觉，一直吵吵嚷嚷，还有人在唱《坐船去金比罗》。

人群中，大石老师一个人沉思着。她想来想去，一直在琢磨早苗的事。

除了早苗，还有十多个孩子因为各种各样的理由没能参加旅行。大石老师特别关心早苗，因为她是海角村的孩子，而且海角村只有她一个人没有参加。增野在升入六年级后就搬到了母亲家，已经不算海角村的一员了。大石老师想到今天只有早苗一个人走那条山路去学校，想到她今天不能放假，就觉得她很可怜。但想到那些无精打采地坐在没有老师的教室里自习的学生们，她又觉得可怜的不仅仅是早苗一个人。

大家在多度津换乘第一班火车去金比罗。有人又唱起了《坐船去金比罗》，汗流浃背地爬着长长的石阶。走在人群中的大石老师在发抖。在去往屋岛的火车上，在缆车中，她时不时地发抖，浑身发冷，膝盖好像被泼了杯水似的。这种痛苦使她无心欣赏秋色风光。她只是慢吞吞地走进礼品店，买了几套相同的明信片。至少要为留在学校的孩子们买点礼物。

离开屋岛后，一行人前往行程中最后一站高松。在栗林公园第三次吃便当时，大石老师把剩了很多的便当分给了想吃的孩子。她意识到连便当都成了负担，分完后终于松了一口气。

大家沐浴着夕阳穿过高松的街道，向筑港慢慢走去。老师真想赶紧回家，伸伸腿好好休息一下。

“大石老师脸色真难看啊。”

田村老师一说，她抖得更厉害了。

“好像是累坏了，一个劲儿发抖。”

“呀，这可真糟糕。吃药了吗？”

“刚才吃了清凉丹……”话说一半，她不由得笑了，“最好还是不吃清凉的，要吃点热乌冬面之类……”

“就是，一会儿我陪你去。”

说是这么说，前后都还有学生，所以决定先送他们去码头的候船室。和两位男老师说明情况后，她们俩悄悄地先后溜出来，不引人注目地穿过一条大街，钻入小巷。那里有一家挨一家的土特产店和小餐馆。每家都屋檐矮矮的，门口挂着一个大灯笼，上面用粗粗的字体写着乌冬面、寿司、酒、鱼等字样。她们瞥了眼一家用人造假枫叶装饰土间天花板的餐馆。

“大石老师，据说吃热乎乎的乌冬面可以治感冒，要不来一碗？”

就在她刚要回答“好”的瞬间——

“炸大虾一份！”

一个精神十足的少女响亮的声音让大石老师愣住了。那声音回荡在心中，她差点啊地大叫起来。声音是从那家附近很少见的挂绳帘的餐馆里传出来的。大石老师不禁探头张望，看见一个少女梳着裂桃式顶髻，上面插着亮晶晶的簪子和假枫叶，穿着红围裙，双手放在身前专心地面对客人站着。那个身影，她无论如何都忘不了。看到站住的老师，少女应该是把她们当作客人了，用一样的声音招呼起来。

“欢迎光临。”

少女大声喊着，声音里没有一丝疑虑。虽然她梳着日式发髻，穿着老成的狸猫图案的和服，样子变了，不过看到那长长的眉毛，大石老师再也没有怀疑了。

“松江，你不是小松吗？”

走进店里的客人忽然和自己说话，梳裂桃式顶髻的少女大吃一惊，后退了一步。

“不是说你去了大阪吗？小松，你一直在这里？”

老师盯着她，松江好像终于想起来了，呜呜地哭了。老师忍不住抱住她的肩膀，把她带到绳帘外。店里立即响起一阵慌张的木屐声，原来是老板娘追了出来。

“请问您是哪位？一声不吭就把她带出来，这可不合适。”

老板娘感到奇怪。这时松江才开口，为了打消老板娘的怀疑，她小声地说：

“老板娘，她是大石老师。”

最终，她们还是没有吃上乌冬面。

振翅高飞

旅行回来后，大石老师的健康状况不太好。第三学期开学后不久，她就跟学校请了近二十天的假。一天清晨，卧床不起的大石老师收到了一张明信片。

亲爱的老师：

见信好。不知您的病怎么样了。我每天开早会的时候就担心您。小鹤和富士子都说，大石老师不来，我们就没精神了。男孩子们也这么说。请您一定要早点好起来，早点来学校。海角村的同学们都担心您。小夜奈良[1]。

---

①日语中“小夜奈良”和“再见”谐音。

这封信充满了海角村孩子们的真情实意，老师不禁泪眼汪汪，看到最后的“小夜奈良”四个字时又忍不住笑了。这是早苗写的信。

“妈妈，你看。现在竟然流行用这种文字游戏写‘再见’。”

母亲过来送早饭时，大石老师把明信片递给她看。

“字写得不错嘛，才六年级。”

“嗯，她是学得最好的，好像将来打算读师范学校。就是太老实了，她那样能当老师吗？”

老师为从不爱用言语表达意见的早苗担心。

“久子你在上六年级前也是个不爱说话、不讨人喜欢的孩子。现在还不是能说会道了嘛。”

“是吗？我那么能说会道吗？”

“当老师的要是不爱说话，可就糟了。”

“也是。所以我才担心这个叫山石早苗的孩子将来能不能站在讲台上讲课。”

“你忘了自己啦，原来都不敢在人前唱歌，现在不也成大人了嘛。”

“是呀。现在我可喜欢唱歌了。说不定长大了就会和小时候正相反。”

“也许是独生女的腼腆吧。写这张明信片的孩子也是独生女吧？”

“不是。兄弟姐妹六个，她排中间。听说姐姐是红十字会的护士。她自己说想当老师，在作文里也是这么写的。问她话，也不怎么回答，不过作文写得很不错。她写道，以后的女子要是没有职业，就会像自己的母亲一样受罪吃苦。她好像吃了很多苦。”

“这不和你一样吗？”

“可是我从小就和人说，长大要当老师、当老师的。山石早苗却什么都不说，总是躲在大家后面，写起作文来倒是能写不少。”

“人是有各种各样的。看她给你写的明信片，就知道她不是什么事都躲在别人后面的孩子。”

“是吗。还写什么小夜奈良，真好玩。”

一张明信片竟勾起她的食欲，不知不觉早饭多吃了些。后来，她盯着明信片看，就像照镜子似的入了迷。孩子们一个接一个浮现在脑海中。川本松江究竟怎么样了？

炸大虾一份！

梳着裂桃式顶髻的少女高声喊着。大石老师记得码头前的那家餐馆的招牌上写着“岛屋”两字，她回来后写了一封信寄过去，不过没有回信。只念到四年级的孩子不懂怎么回信吧？那封信有没有送到她手里也是个问题……那天晚上，深感疑惑追出餐馆的老板娘弄清楚缘由后，客客气气地说：

“呀，真是的，真是的，太怠慢了。老师，快请进来坐。”

把她们招呼进餐馆后，老板娘拿了个小小的坐垫放在狭窄的榻榻米边缘，让她坐下。不过，只有老板娘和老师说话，松江站着一声不吭。不知什么时候来了五六个男学生，并排站在绳帘外面。看到他们，大石老师只好站起身来。

“下次再见。船马上就要开了。”

两人告别时，松江没有送出门外，也许是没得到允许。老师也没有回头看，匆匆往外走。跟在后面的学生纷纷开始提问。

“老师，那是谁？”

“老师，那家乌冬面馆是您亲戚家开的？”

松江只在总校上了一天学，谁都没认出她，因为这几个学生中没有海角村的孩子。为了松江着想，没有冒冒失失地把她带出来，老师为此感到开心，但一想起她就有种焦虑的心情。同一年出生、同一块土地长大、同一所学校上学的孩子们，境遇为什么会出现这么大的差异？母亲去世后，松江被抛进无法预测的际遇中，她的前途究竟会怎样呢？和她一起长大的早苗等孩子，已经在各自的环境中做着面向未来振翅高飞的准备。在关于将来梦想的作文中，早苗写到要当教师。她没有写一般孩子常说的“老师”，而是特意写成“教师”，从中可以感受到她的努力。这并不是天真单纯的向往。升上六年级，大家已经像天使般在背上插上了小翅膀，开始努力振翅高飞。

增野的志愿与众不同。自从在学艺会上独唱了《荒城之月》得到全校师生好评后，增野只要有空就唱歌，唱得越来越好。一看到歌曲，她的头脑就发挥出一种特殊的功能，看着乐谱就能一个人唱出来。这在乡下孩子中实在很少见。她的梦想之处是音乐学校，因此她说要上女子中学。

除了增野，准备进女子中学的还有美佐子。美佐子学习成绩不太好，为了升学考试，放学后她不得不愁眉苦脸地留下来补习。她缺乏理解数学原理的能力，也没有死记硬背的记忆力。她自己也很明白。其实她想上不必考试的裁缝学校，但是母亲不同意，所以每天都愁眉苦脸的。她母亲无论如何都想让她升入县立高级女子中学，常常热心地来学校督促她，好像母亲的热情能改变女儿的脑部结构。尽管这样，美佐子还是很坦然。

“我只要看到数字就头疼。谁愿意去考县立女中的考试啊。到了那一天，我就生病。”

她看透了自己会因为算术考不上。在这一点上，琴江和她正好相反。家中并没有人帮忙辅导，但她对数字的感觉就像增野面对着乐谱。平时的算术考试，琴江总是满分。其他功课也仅次于早苗，考得不错。她如果考女中肯定毫不费力，但听说上完六年级就不再上学了。也许是想开了吧，琴江一点也不羡慕别人。

有一天，老师问她：“不管怎么样，上完六年级就不再上学了？”

她点点头。

“你喜欢上学吧？”

她又点点头。

“那就再上一年高等科[①]吧？”

她低下头，不吭声。

“老师去帮你跟家里人说说吧？”

琴江这才开口说：“可是，这都已经决定了。我都答应了。”

她的脸上浮现出凄凉的微笑。

“你答应了什么？答应谁了？”

“我答应了妈妈，上完六年级就不再上学，家里才让我参加修学旅行的。”

“呀，这就难办了。就算老师去劝，这个约定也不能取消吧。”

琴江点点头，小声说：“取消不了。”

她露出门牙，脸上的笑容像是在哭。

“下学期敏江要来总校上学。我去读高等科的话，就没人做晚饭了，以后轮到我做晚饭。”

“啊，现在是上四年级的敏江每天做晚饭吗？”

“是的。”

“你妈妈每天都出海打鱼？”

---

①全称“高等小学”。日本旧制中设置在初级小学之上的初等教育机构。

“是的，差不多每天都去。”

以前，琴江曾在作文里这样写道：

可惜我是个女孩子。因为我不是男孩子，父亲总是后悔。因为我不是男孩子，不能跟着去打鱼，所以母亲代替我去了。寒冷的冬日、炎热的夏日，母亲都代替我出海干活。我想，长大后一定要好好孝敬母亲。

大石老师明白了，原来是这么回事。琴江简直认为生为女孩子是自己的责任，不管遇到什么事情都退让。就算有人问是谁让她这么认为的，她也不会回答。琴江已经接受了上完六年级就不再上学的决定，她觉得那就是自己的命运。

“可是，琴江……”

老师想告诉她那种想法是错误的，但没有说出口；又想说真佩服，也作罢了。可怜之类的话更是说不出口。

“真遗憾啊。”

这是最合宜的话了。琴江好像得到了些许安慰，心情也变得开朗起来，那略微有些前突的大门牙越发露了出来。

“不过，也有好事哦。妈妈说，等后年敏江六年级毕业，就换我去裁缝铺学习。到了十八岁就让我去大阪当保姆，挣的钱可以给自己买衣服。”

“然后出嫁当新娘子？”

琴江害羞地哧哧笑了，好像那是不能改变的命运，她只能服从。她已经做好接受命运的准备。到了二十岁，说不定她会接到一封“母亲病危”的电报，从打工的地方被叫回来，然后在原本并未病危的母亲的安排下，成为一个勤劳的农夫或渔夫的妻子。

她的母亲就是这样，而且生了六个孩子。因为一连生了五个女儿，她觉得都是自己的责任，一直在丈夫面前抬不起头。这种心理影响了琴江，让琴江也养成了遇事后退的个性。母亲是渔夫的妻子，经常跟随丈夫出海打鱼，脸晒得黑黝黝的，头发被晒成红褐色，让海风吹得乱蓬蓬，别人都察觉不出她是个女人。但她似乎无怨无悔，还想让女儿继续走自己走过的路，女儿也认为那就是女人应走的道路。她们心中的保守仿佛一潭浑水，根本不知道什么是清澈的溪流。只有大石老师一个人焦虑地思考着，难道对这老实巴交外加死心眼的穷渔夫一家来说，这就是最圆满的结果吗？就算让琴江上了高等科，贫穷渔夫一家的想法恐怕也不会改变。想到这里，大石老师只好望着天空叹了一口气。

教师与学生的关系，仅仅这样就好吗？大石老师时常有这个疑问，而答案正是来自《草实》事件的稻川老师。听说被视为叛国者，关进监狱之后，稻川老师不时从狱中递出用小如蚂蚁的字写成的信，给他的学生。那些都是普通信件，没有什么奇怪的内容，但就算如此，也禁止让学生看到。就该这样吗？在教室中，只能按照指定的教科书讲课，在师生间建立起徒有形式的关系。假设学生想突破这道关卡，老师就要巧妙地回避，必须知道前方有意想不到的陷阱在等着自己。大家的耳朵和眼睛不知不觉就成了怀疑别人、刺探别人秘密的工具。而且有时候，老师又会因为别的事情被拉进意外的恶作剧中。记得有一次大石老师说身体不舒服要请假几天，小鹤她们好像要把双手伸进她胸口似的，毫不客气地问：

“老师不舒服，是不是怀孕了？”

老师听了不禁脸红了。孩子们得意地欢呼起来。老师心想，不过是群孩子，竟然这么说我。她也毫不避讳地回答：

“是的，实在抱歉。最近连饭都吃不下去，瘦了很多。等我稍微恢复些再回来上课。”

从那时起，老师就不上班了。她想起宣布休假时，早苗比谁都担心自己。她取出六年前的照片。照片洗了十三张，不知为什么竟忘了给孩子们，就这样一直装在纸袋里，夹在相册中。孩子们天真无邪的笑脸中，小鹤最老成。她在那时就特别出众，个子也高挑，现在看起来就像比其他人大一两岁。在不是短发就是剃着分头的孩子中，只有她一个人像中国娃娃似的留着刘海，像大人一般。增野离开海角村后，小鹤一个人很逞威风。

她的目标是读完高等科后去上助产士学校，或许这也是让早熟的她对怀孕感兴趣的原因。

海角村的女孩子中，只有富士子还没有确定将来的方向。她们家的房子要换主人的传言也影响着临近毕业的富士子，她对未来迟迟无法下决定。一想到她和琴江一样，将听其自然，接受命运的摆布，老师就感到无比同情。富士子瘦得没一丝血色，脸色白得像搽了粉，双手总是缩在袖子里，看起来像在颤抖。她仿佛就靠那双阴沉而冷淡的单眼皮眼睛和沉默不语的性子在维持自己的体面。

只有男孩子们精力充沛，十分活跃。

“我要进中学。”竹一嚣张地说。

森冈正也不服气地说：

“我要念高等科，毕业后做个渔夫，然后入伍。入伍后，就能当下士，升任上士。你记住了！”

“呀，下士……”

老师不自然地打住了。谁都没有注意到老师的心情。老师根本没想到，那个为了月夜之蟹和暗夜之蟹特地带螃蟹来学校的森冈正竟然想当下士。但对他来说，那是有原因的。他的大哥入伍后被派去朝鲜三年，还没等退伍，就因九一八事变被派去中国东北。最近大哥当上下士回到家，才让他有了这样的志愿。

“要是希望当下士，听说能一直升到上士。下士每月可以领薪水呢。”

森冈正好像找到了一条成功之路。竹一也不服气，大声说：

“我要当干部候补生，怎么能输给丸子呢。马上就能当个少尉。”

吉次和矶吉流露出羡慕的眼神。他们不像竹一和森冈正那样，家里不用为每天的生活发愁。虽然不知道家里是如何看待战争，但即便不说，也总有一天会被征去当兵。那个春天（一九三三年），日本退出国际联盟，在世界上处于孤立的状态，这一切意味着什么？附近城镇的学校老师被关进监狱，与这件事又有怎样的关联？他们已被剥夺了知道这些事情的自由，农村的各个角落都弥漫着好战的空气，少年们做着英雄梦。

“为什么想当兵？”

老师问森冈正。他直率地回答：

“我又不是长子。比起做渔夫，当然是当下士强多了。”

“嗯嗯。竹一呢？”

“我虽说是长子，可我觉得当兵比开米铺好。”

“是吗，这样啊。大家好好考虑吧。”

不能随随便便说话，老师感觉很不舒畅，只是注视着男孩子们的脸。森冈正好像感觉到了什么，问：

“老师，您不喜欢军人？”

“嗯，我更喜欢当渔夫、开米铺。”

“啊，为什么？”

“人死了会很可惜的。”

“您真胆小。”

“是啊，很胆小。”

回想起那时的对话，大石老师又是一阵烦躁。她仅仅因为说了这些话，就受到了教务主任的警告。

“大家都在风传大石老师是共产党。你再不注意的话……”

啊，共产党究竟是什么。我什么都不知道，怎么就被当成共产党了？

大石老师躺在床上回想着各种事情，她冲着起居室喊：

“妈妈，您来一下。”

“来啦。”

隔着纸门传来了回应。母亲正低着头待在火盆边。

“有些事要和您商量，来一下。”

脚步声响起，纸门拉开了，老师看着母亲那只戴着顶针的手。

“我讨厌老师的工作了。我想三月辞了工作。”

“辞了？怎么又提这件事？”

“辞去工作开家点心店，也比当老师好，每天每天都要说什么忠君爱国……”

“你说什么！”

“为什么妈妈就是要让我当老师，真是的。”

“你怎么埋怨起别人了。不是你自己主动要当老师吗，说什么不想走妈妈的路，不想戴着老花镜帮别人缝衣服。”

“还不如你那样呢。我辛辛苦苦用心将孩子们从一年级教到了六年级，可结果怎么样呢？男孩子中竟然有一大半想去当兵。真讨厌。”

“现在就是这么个世道。要是你开个点心店，战争就能结束，那可好了。”

“那更讨厌了。我听从妈妈的话，找了个船员当丈夫，可害惨我了。最近老在搞什么防空演习，当船员太太命都得短很多。就算没有暴风雨，也说不定什么时候船轰的一下被炸了，就成了寡妇，我可不干。要不现在就让他别当船员了。我们俩去当个农民种种地怎么样？好容易孩子要出生了，可不想让孩子走我的老路。我辞去工作，行吧？”

母亲笑嘻嘻地听着女儿喋喋不休的牢骚，像哄小孩般对她说道：

“你这孩子怎么什么都推到别人头上。那女婿还不是你自己说喜欢才找的吗？妈妈那时倒是想发牢骚来着，想说要是你走了我的老路该怎么办。不过一想，既然是久子喜欢的人，那还是算了，不说了。怎么，你现在后悔了？”

“喜欢和当船员是两回事。不管怎样，我现在讨厌做老师了。”

“唉，随便你好了。现在你太激动。”

“我没有激动。”

老师的样子和在学校里完全不一样。不过，这样任性的话语中洋溢着对生命的珍惜。

过了一阵子，她冷静下来，重新去了学校。新学期开始时，大石老师成了欢送的对象。同事们有的惋惜，有的羡慕，不过没有人特别挽留她。那是因为大石老师成了引人注目、有问题的人了。不过要是问究竟哪儿有问题，却没有人能明确说出来。当然，大石老师自己也不清楚。一定要说的话，也许是学生们太喜欢她的缘故吧。

那天早晨，大石老师站在全校七百个学生前面，默默地环视大家，双眼渐渐模糊起来。她发现刚升上六年级、站在最后面的大个子仁太正一个劲地盯着自己，不禁流下了眼泪，准备好的告别词都说不出口了。她仿佛把仁太当作学生的代表，朝着仁太鞠了一躬就走下台子。下来后，她才看到高等科的队列中，森冈正和吉次、小鹤、早苗也都双眼湿润地盯着自己。中午休息的时候，大石老师去另一栋校舍找早苗他们，小鹤一看到她就跑了过来。

“老师，您为什么要辞职？”

很少见的，小鹤好像要哭了。在小鹤身后，早苗的双眼也闪着泪光。最先叫嚷着要上女子中学的增野，结果升上了高等科，今天却没见到她的身影。老师不禁好奇地问了一声。小鹤照例夸张地说：

“小增啊，她奶奶和爸爸反对她上女子中学，就放弃了。他们说，一个开饭馆人家的女孩子去学学三味线什么的还说得过去，去学校学唱歌是不可能有出息的。小增气得连饭都不吃了。还有，老师，美佐子上的学校不是女子中学，是学园。叫什么绿学园。学生只有三十多人，也就比裁缝店好一点。还不如升高等科呢，是吧，老师？”

老师不由得笑了，告诫她：

“小鹤，快别这样说。对了，现在小增怎么样了？”

“她觉得不好意思，就请假了。”

“不好意思啊，小鹤、早苗，你们得好好劝劝她。对了，富士子怎么了？”

“啊，那个啊。老师，您一定会大吃一惊的。狸猫提灯笼——搬走了。”

小鹤大声说道。她扬起眉毛，用力睁大那双再怎么睁也大不了的细眼睛。

“她搬去兵库了。考试结束后，一家五口带着行李搭我们家的船走的。行李也就是被褥、锅子和炉子这些。衣柜就一个，已经很旧，漆都掉光了。剩下的就是柳条包。大家都很担心，富士子一家人没干过什么粗活，这一去说不定得要饭了。富士子会不会被卖去当艺伎啊……”

小鹤还在继续唠叨着什么自己家的船费还是他们卖了一半的家具才给足的。老师轻轻拍了拍她的肩膀。

“小鹤，这些不必要的事情，你是不是说得太多了？你不是想当助产士吗。要做个好助产士，最好是尽量不说别人家的事情。这是老师临别的赠言。你要做个好助产士。”

小鹤轻轻地缩了一下肩。

“是，明白了。”

她新月般的双眼透出笑意。

“早苗也要当个好老师，最好多说说话。这也是老师的临别赠言。”

大石老师拍拍早苗的肩膀，早苗点点头，也默默地笑了。

“见到琴江，代老师问声好。告诉她要好好保重身体，做个好媳妇。这同样是临别赠言。”

小鹤马上说：“老师也要当个好妈妈。这是临别赠言哦。”

她开玩笑地拍拍老师的肩膀。小鹤的个子已经和老师差不多高了。

“好的，谢谢你。”老师放声笑了。

升上高等科后，在第一次男女分班的教室里，没有森冈正他们的身影。老师向男孩子们上课的教室走去，尤其是想和海角村的学生们告别，可是忽然没了心情，决定回去。

“替我向丸子、松鸡、吉精他们问好。告诉大家，高兴的时候欢迎来家里玩。”

“老师，我们呢？”

小鹤马上揪住了话柄。

“当然，也欢迎你们。即便我不招呼，你们以前不也是自己来嘛。啊，对了对了。”

老师取出照片，一张一张分给她们。小鹤哈哈大笑，又蹦又跳，高兴极了。

第二天，大石老师虽然从工作中解放出来，感到喜悦，不过心中好像失去了什么珍贵的东西，非常空虚失落，感到很不愉快。正在午睡时，没想到竹一和矶吉结伴来了。大石老师很惊讶，托人带话竟然这么快就有了着落。她慌忙出门迎接，连头发都顾不上梳理。

“呀，你们能来真好。来，快请进来。”

他们俩你看我我看你。接着，竹一说：

“我们要搭下一班公共汽车回去。离开车还有十几分钟，就不进去了。”

“这样啊，那再等一班车呢？”

“那样回到海角村，天就黑了。”

矶吉断然地说。看来他们俩在路上已经商量好了。

“哦。那请稍等一下。老师送送你们，一边走一边说吧。”

老师赶紧整理头发。

“竹一，中学什么时候开学？”

“后天。”

他的语气好像在说，自己已经是中学生了。他手里还拿着一顶新帽子。矶吉右手也拿着一顶从未见过的鸭舌帽，彬彬有礼地按在手织条纹和服的膝盖处。

“矶吉，昨天没有上学吗？”

“不，我已经不上学了。”

矶吉突然拘谨起来。

“老师，这么多年承蒙您关照。祝您健康。”

他屈膝行了个礼。

“呀，还早呢。现在我先送你们出去。”

老师强压下想笑又想哭的心绪，陪他们出去。老师家距离公共汽车站有六分钟左右的路程。老师走在中间，矶吉戴上包住脑袋的大鸭舌帽，从帽檐下扬起那张小小的脸。

“老师，我明天晚上去大阪当学徒。老板允许我读夜校。”

“呀，一点都不知道啊。突然决定的？”

“是的。”

“去什么铺子？”

“当铺。”

“呀，你将来要开当铺？”

“不，做当铺的掌柜。说一直做到入伍，能当上掌柜。”

矶吉从刚才开始说话举止一本正经，非常拘谨。老师为了让他放松，说道：

“一定要当个好掌柜哦。有空就给老师写信吧。昨天，我让小鹤把照片分给你们，又想起了那时候的事情。”

竹一和矶吉也笑了。

“这是老师送你的礼物。明信片和邮票。”

老师把别人送的邮票册和明信片用新毛巾包起来，递给矶吉，送给竹一的是两个笔记本和一打铅笔。

“正月和盂兰盆节休假回家时，一定要来啊。老师想看看大家长大后的样子。不管怎么说，你们是老师教的第一届也是最后一届学生。咱们一定要好好联系。”

“是。”

只有矶吉回答了。

“竹一也要这样啊。”

“是。”

在村子尽头的拐弯处看到了一辆公共汽车。矶吉再次摘下帽子，说：

“老师，这么多年承蒙您关照。祝您健康。”

他的话仿佛鹦鹉学舌，非常生硬，说完后马上戴上帽子。他戴上大人的鸭舌帽，感觉像漫画中的小孩，不过很合适。竹一戴着新学生帽，从公共汽车的后窗伸出手来和老师打招呼。

目送公共汽车远去后，老师慢慢地走下海滩。隔着静静的内海，细长的海角村和往日一样横在眼前。那里的孩子们已经长大，振翅高飞了。

“这么多年承蒙您关照，祝您健康。”

她面朝海角，轻轻念叨着。这句话有喜有悲，给人温暖的同时却又意味悠长。

层层叠叠

虽说已经是春天，但凛冽的寒气还隐藏在早晨的空气中，在背阴处站一会儿，就从脚底开始打战。

K 镇的公共汽车站里，这么早就有两位客人办完事来等候去往地方的车了。一位是六十二三岁的老人，另一位是三十岁左右的女子。

“啊，冷啊。”

老人发出呻吟般的声音。

“真的冷啊。”

虽然不是在和她打招呼，女客人还是赞同地附和。寒冷似乎将两个人的心拉在了一起，不知不觉中相互亲近起来。

“真冷，这要冷到什么时候。”

“是啊，都快到春分了。”

搭话的女客人胸前抱着一个四四方方的包裹。老人光着一只胳膊，上面挂着一个粗糙的小学生用的书包。女客人眼神温柔地看着书包，问：

“是您孙子用的？”

“是的。”

“我也给儿子买了一个。”

她看着胸前的包裹说。

“听说今天开始卖，我就搭第一班公共汽车来买。旧样式的书包一个都没有了。这种纸做的，用一年就坏了。”

两人感叹着彼此买的东西。忽然，老人摇摇头，好像想起了什么。

“听说黑市上什么都有。”

说着，他哈哈笑了。口中的槽牙好像都掉光了，看起来黑乎乎一片。女客人侧脸避开，说：

“现在这世道，什么都得上黑市买，连学校里用的书包也要去黑市买，真伤脑筋啊。”

“有钱什么都会有的。甜的年糕小豆粥、羊羹，听说有的地方多得堆成了山。”

从那没有槽牙的嘴里真的流出了口水，看来老人喜好甜食。他用手掌擦了擦嘴角，又有些不好意思地朝对面扬起下巴，说：

“这位大姐，我们去那边等吧。只有晒太阳是不用掏钱的。”

他穿过马路向对面的车站走去。女客人没想到会有人叫自己大姐，不由得轻轻一笑，跟在了后面。“大姐”，女客人在心中叫了一声。她抬头望着高个子老人，笑着问：

“大爷，您上哪儿去？”

“问我吗？我去岩鼻。”

“是吗，我去老松树。”

“啊，老松树啊。我有个船员朋友就在那边，可惜已经过世多年了。他叫大石嘉吉，你可能不知道。”

一听这话，女客人惊讶得几乎要跳起来。

“呀！那是我爸爸呀。”

这下轮到老人的态度发生了一百八十度的大转变。

“哟，这可太巧了。呀，我竟然能碰到嘉吉的女儿。说起来你还真有点像他。”

“真的吗？爸爸在我三岁的时候就去世了，我什么都记不得。老伯，您什么时候和我爸爸认识的？”

她将称呼从“大爷”改成了“老伯”，因为想到如果父亲健在，应该差不多就是这个年纪。

不用说，女客人就是大石老师，她离开小学校已经是第八个年头了。成为船员之妻的这八年里，世事发生了更剧烈的变化，和她一生气就辞去教职那年是无法相比的。

中日战争爆发了，德日意三国缔结了《反共产国际协定》，以国民精神总动员为名推行的运动，让日本民众感到睡梦中都不能谈论国家政治。这运动告诉人们，只能关注战争，相信战争，全身心投入战争。民众也这样服从了。不满和牢骚只能藏在心底，不装出若无其事的样子就无法过日子。

在这样的环境中，大石老师成了三个孩子的母亲。长子叫大吉，次子叫并木，小女儿叫八津。她已经变成了一个普通的母亲，都有人称呼她“大姐”了。不过仔细看看，那双闪烁着光芒的眼睛里，隐藏着一般大姐没有的东西。

“老伯，方便的话，去喝杯茶吧？”

她指着车站边上的茶馆说。她想从这位老人嘴里打听一些父亲的事。但是，老人顽固地摇摇头。

“不了，公共汽车马上来了。就在这儿聊吧。”

老人的态度不知怎的显得非常郑重。

“对了，嘉吉媳妇的身体还好吧？”

“挺好的，托您的福。”

话虽这么说，听到上了年纪的母亲被人称为媳妇，大石老师还是笑了。回去一定要告诉母亲。正好这时上行公共汽车鸣着笛驶过来。两人赶紧离开站牌，示意自己不是上行乘客，但车还是停下了。他们站到茶馆的屋檐下，有意无意地注视着乘客下车。汽车上非常拥挤，下车的多是年轻男子。像是所有人都在这儿下似的，人们一个接一个从车门走下来。看着这些年轻的面庞，老师忽然想起来，今天在这个镇上的公会堂要举行征兵检查。啊，原来是这么回事。老师依次打量着这些充满朝气的年轻人的脸庞。

“啊，大石老师！”

突然有人大声喊道，把其他人吓得差点跳起来。几乎同时，老师也大声叫起来，像被那声音引出来一样。

“呀，是仁太！”

接着，她喊着跟在仁太身后一个接一个下车的人。

“呀呀呀，大家都来了。啊呀。”

跟在仁太身后的是矶吉、竹一、森冈正、吉次，以前教过的海角村的少年们都到齐了。

“老师，好久不见了。”

竹一考入东京的大学，还差一年就毕业了，那张瘦长的脸洋溢着都市风采。他第一个和老师打招呼。接下来是森冈正，他在神户的造船厂工作，久经锻炼，有典型劳动者的神采。他笑嘻嘻地低下头，不好意思地摸着耳朵后面。接着，矶吉好像正等着似的走上前来说：

“老师，好久没有联系您了。”

他脸色苍白得让人有点担心，脸上浮现出圆滑的笑容。吉次哪儿都没去，一直留在海角村打柴捕鱼。他依旧那么老实，躲在大家身后，默默低着头吸鼻涕。只有仁太还和往日一样无拘无束，也不说客套话。听说他在家帮父亲制作肥皂，好像经济上最宽裕，穿了件新制的国民服。

“老师，前阵子我见到了富士子。是富士子。”

他很得意，提了两遍富士子的名字。不过老师故意不接腔，只是抬头看着围在她身边的青年们。八年的岁月已经让往日稚嫩的少年成长为让人仰视的健壮青年了。

“啊，是去参加检查啊。真快。”

眼泪不由自主地流出来，五个人的形象也变得模糊了。意识到不能这样，她赶紧又恢复了以前做老师时的神态。

“好了，快去吧。过几天大家一起来老师家玩吧。”

到底是男孩子，他们很痛快地离开了。看着他们远去的背影，老师心中百感交集。好久没有人叫自己“老师”了，有一种新鲜感，她觉得很高兴。

回过头一看，老人正在茶馆旁边的向阳处避开尘土等着。灌木篱笆丛中，一处日照好的地方有丛棣棠已经有了花蕾，细细的枝条被压得低低垂下。老人随手折了一支，也望着年轻人的背影，小声说：

“真残忍，要送这群笑嘻嘻的年轻人去当炮灰。”

“是啊。”

“这种事情还不能大声说。一说就得这样。”老人将还拿着书包的双手往后一背，用更小的声音说，“看，治安维持法会把人送进监狱。”

那返老还童般的口吻，就像没有牙齿的嘴巴里忽然长出了槽牙。她不是很清楚治安维持法。只是《草实》事件中，稻川老师就是因为违反了治安维持法才被投入监狱，虽然没过多久他就出狱了，但别说复职，连正当的待遇都得不到。能和这项法律关联在一起的事仅此而已。听说稻川老师的母亲为了维护儿子都快急疯了，每见到一个人就宣传儿子现在已经痛改前非。这些传言不知究竟有几分是真实的，只是听说稻川老师现在一个人养鸡，过着与世隔绝的生活。不是他要脱离社会，而是社会容不下他。他的鸡蛋没人愿意买，好像有毒似的。这个时代的人被逼成了“非礼勿视，非礼勿听，非礼勿言”的“三不猿”般，都捂住嘴、蒙上眼、塞住耳朵才好。然而现在，眼前这位老人却说要将捂住嘴蒙上眼的手拿下来。虽然自己是他朋友的女儿，为什么他会对第一次见面的自己说出藏在心底的话？她半存戒备，不露痕迹地将话题引开。

“对了，老伯，您和我爸爸是什么时候的朋友？”

老人哈哈笑着，恢复了没有槽牙的神态。

“嗯，那是十八九岁的时候。我们两人都有大志向呢。有机会的话，想坐上外国船渡海去美国。我们打算到了西雅图就从船上跳下海，游过去。”

“噢，听说以前经常有这种事。”

“有吧。虽然我们嘴上说要去美国挣钱，其实是因为不想当兵啊。现在真该那样做了。”

他又把双手往后一背，笑了。

“结果没有达成目的？”

“就是这么回事。不过，那时候只要上船干活就不用去当兵。后来我们俩都喜欢当船员了。既然要当船员，就得弄张证书，于是我们去读书。我没上过学，足足花了五年工夫才当上乙等一级驾驶员。嘉吉比我早一年通过考试，我实在是不服气，终于在第二年也考过了……”

可惜最终不是开心的结局，大石老师的父亲后来遭遇海难下落不明。老人口中的父亲形象，和从身为父亲之妻的母亲那里听到的形象不太一样。她想象中的父亲年轻时没有泪水，面带微笑，这也许是来自讲述者的亲身感受吧。她了解到的父亲是个活泼的招人喜欢的青年。还是第一次听说父亲讨厌征兵，母亲从未对她说起过这一点。是不是父亲从没和母亲说过？还是因为成了“三不猿”不敢说呢？大石老师想，回家后告诉母亲老人称呼她“媳妇”，再顺便问问父亲的事。她一边想一边继续说下去。

“老伯，您在船上工作到什么时候？”

“直到十年前吧。好不容易当上一艘小船的船长。我想送儿子去学校，这样可以不费劲地当上船员，可是他不干，说讨厌当船员。后来进了商业学校，毕业后在一家银行的分行里工作。结果被拉去，死了。”

“被拉去，是指打仗吗？”

“是啊。”

“唉。”

“就在诺门坎。这是给他儿子买的。”

书包在老人的手上晃着，里面的硬纸板沙沙作响。

她想说“大家都这样，有儿子就免不了担心”，但还是作罢了。

公共汽车非常拥挤，两人不能坐在一起。大石老师在后排正面找到位置坐下，静静地闭上眼睛。她想着刚刚分别的学生们的背影，想象着这些年轻人像牲畜般脱得光光的站在检查官面前。近来，军人公墓里木头墓碑越来越多，年轻人非常在意这些墓碑，比对祖先的墓还要关心。不，不是这样。他们必须用更多的关心来赞扬它，把继承它、向它看齐视为无上的光荣。竹一究竟是为了什么上学的？矶吉是为了谁才去当商人的？孩提时代想成为一名下士的森冈正，将军舰和墓地联系在一起考虑过吗？如今这个世道，人们不能将隐藏在微笑背后的真心显露出来，只有仁太漫不经心地大声说话。但就连仁太，也不能说心底没有隐藏着什么。

毫无疑问，从小小的海角村出来的五个正在征兵年龄的男孩子，恐怕都会被征去当兵，不知会在哪里送命。能平安回来的究竟有几个？为了搜寻更多人力资源，军队里还放了一星期的假。生为女人，也不得不担心孩子的将来会不会与那些木头墓碑产生联系。不论男女，现在只能念念“南无阿弥陀佛”过日子。这就是男人无法逃避的道路。

而女人又怎样呢？班里七个女孩子，只有美佐子一个人没怎么吃苦。从绿学园毕业后上了东京的一家新娘学校，上学期间招到女婿，马上就生了孩子。在这个多灾多难的时代，她真的很特别。她的存在，像寒风凛凛的冬日里一个人在日光室中晒太阳一样温暖。

爱唱歌的增野则吃了很多苦头。她只想唱歌，因而不顾一切，几次背着父母偷跑出去。她没得到父母允许就去参加地方报纸主办的唱歌比赛，还得了一等奖，消息登在了报纸上，那是她第一次离家出走。每次都是被带回家后又接着离家出走，每次都是因为唱歌。喜欢唱歌又唱得好的女孩子，为什么不能一直唱下去？据说她第三次离家出走，是想去当艺伎。她哭着哀求前去领她回家的母亲：

“您从前不是说过吗，学三味线的话倒还可以？”

她那音乐天赋的出路，不知什么时候转到了三味线上。但对她的父母来说，姑且不论弹三味线是好是坏，自己是开饭馆的，本来就和艺伎来往较多，不可以让女儿当艺伎。现在，增野和她离家出走时认识的一个上了年纪的男人结婚了，终于安定下来。听说她如今接替年老的母亲经营饭馆。偶尔在路上遇到，她总是很依恋地跑过来。

“老师，我好想见到老师。”

增野开心得眼泪都落下来了。她动作带着孩子气，打扮却很朴素，怎么看都不像二十岁上下。

以结婚为目的，没有升高等科而去当保姆的琴江又怎样了？听说没等她找到结婚对象，就因为生病回来了。是肺病，瘦得皮包骨头，一个人躺在库房里很久了。

至于另一个没有升高等科的富士子，多少能听到一些她的传闻。刚才仁太说见到了富士子，他一定是见到了成为妓女的富士子。仁太脸上流露出的同情让老师明白了一切，所以她故意不接腔。关于富士子的传闻，以前早就从小鹤那里听说了。据说，富士子被她父母卖了。为了维持眼前一家人的性命，就像家具衣物那样被卖了。她从小生活安逸，不知什么是劳动，假如能因此明白人间疾苦，那也算值得。但是，人们看不起富士子，还取笑她。

如今已经消失在众人记忆中的松江，还有富士子，为什么这些女孩子就该被人嘲笑呢？只有大石老师心中还和从前一样安慰着她们，温暖着她们。

小松现在怎样了？富士子又怎样了？她们究竟怎样了……

老师不时在心里呼唤她们。

比起怎样也想不到正经出路的富士子她们，小鹤和早苗的道路非常顺利。早苗以优秀的成绩从师范学校毕业后，光荣地留在母校工作，那双眼睛越发洋溢着光彩。小鹤同样以优等成绩从大阪的助产士学校毕业。她们俩和大石老师保持着亲密的联系。小鹤想好好积累实际经验后回家乡。不知是有意还是疏忽，她们给老师写信，信封上有时是大石老师有时是小石老师。人的成长过程很有意思，正如母亲当年预言的那样，爱说话的小鹤安静多了，而不爱说话的早苗活泼多了。

两人至少每年约着一同来看老师两次，一般是暑假和正月，每次带的礼物也都一样，但两个人的礼物各不相同。大阪的小鹤总是带粟米点心，早苗总带高松的瓦片煎饼。妙龄的小鹤越来越胖，眼睛细成了一条线。怎么说呢，她性格倔强，那双眼睛使她看起来柔和许多。她一笑，对方也不由自主地想一起放声笑出来。小鹤习惯呵呵笑着说这是特产，然后放下礼物。

有一次，小鹤说：

“我有时候也觉得总是送一样的礼物实在没创意。可想想自己小时候，每当看到这些特产就高兴得要跳起来了。”

早苗也一样，递出瓦片煎饼的包裹时，说：

“因为有句话叫傻瓜就记一件事。”

大吉称她们是“礼物姐姐”，十分欢迎她们的到来，每逢那一天，必定是开开心心笑着度过。她们的礼物随着战局的演变越发难买到了。最近，小鹤带来的是纱布，早苗则给还没有上学的大吉带了笔记本和铅笔。今天，大石老师来给终于要上学的大吉买书包，没想到在回家路上遇见了过去教过的孩子，看到他们，不禁想起了许多事情。

“老松树到了，下车的……”

听到售票员的声音，大石老师赶紧起身，匆忙下车。她慌慌张张地向那位老人点头示意，刚踩到踏板时，就听见大吉的声音叫：“妈妈！”

他清澈高亢的声音，一下子把所有杂念都赶到了远方。

“妈妈，我早就过来等你了。”

大吉平常总是一个人笑着跑上来，声音清亮，今天却有点伤心。大石老师对他笑了笑，大吉马上撒起娇来。

“妈妈怎么也不回来，我都差点哭了。”

“噢噢。”

“我刚想哭，就听到嘀嘀的汽车声，再一看，就看到了妈妈。我挥手挥了好久，妈妈都不看我。”

“是吗。真对不起，妈妈没注意，没仔细听老松树的站名，差一点就坐过了。”

“哼，为什么会没注意呢？”

老师没有回答，把包裹递给他。不用说，他想要的就是这个。

“哇！这个是书包？好小。”

“不小，你背上试试。”

书包正合适，也许大了点。大吉一个人跑了起来。

“外婆，书包。”

他一个劲向前冲，向着前面的家大喊。好像腿脚不够快，要用嘴巴来帮忙。

大吉晃着肩奔跑的背影，让人感受到孩子天真地向着明天不断成长的那股劲儿。假如未来等待着这可爱身影的依然是战争，那么人类为什么要生下孩子、疼爱他们、抚养他们长大？许许多多生命被炮火夺去，为什么人们既不珍惜也不悲伤，更不去制止这种事呢？所谓维持治安，不去维护人们的性命，却连人类的精神自由都要束缚……

大吉跑远了的背影，似乎和竹一、仁太、森冈正、吉次，还有那时从同一辆公共汽车上下来进入公会堂的一大群年轻人的背影重叠起来，慢慢扩散开去。老师的心情变得沉重，自己的儿子今年不过才上小学，就已经这样难受了，而几十万几百万的日本母亲那份心，更是有如草芥一样不知被抛弃在何处的垃圾堆上，划一根火柴就烧成了灰烬。

士兵骑着大马，

扛着枪在行军，

威风凛凛走着，

我最喜欢士兵。

家中传出孩子们太过用力跑了调的歌声。跨过门槛，就看到大吉背着书包跑在前面，并木和八津在后面追，三个人绕着屋子转圈。母亲在一旁开心地看着三个小外孙玩耍。大石老师不高兴地讽刺了几句。

“啊，你们都喜欢当兵，是不是？真是的，您做外婆的怎么也不懂事了，是因为您没男孩子吧。就是这个原因……”

接着，她严厉地喊：“大吉！”

跑得口干的大吉立刻站住，愣在了那里。并木和八津把掸子和羽毛毽拍当作枪扛在肩上，继续唱着歌转圈跑。为了消除大吉的疑惑，她一把搂住大吉。书包有一种机器人般的感觉，瞬间涌起的喜悦让大吉开心地晃起来。他是长子，很少得到母亲的爱抚，今天母亲的动作让这个六周岁的男孩子有种胜利的感觉。他笑嘻嘻地正想说什么，被并木和八津看到了。

“哇！”

两个孩子拥过来，大石老师也同样“哇”地喊了一声，伸手抱住他们。

“这么可爱的孩子，为什么舍得杀死他们？哇！哇！”

她有节奏地晃着孩子们，三张小嘴也同样“哇、哇”应和着。

母亲心中究竟隐藏着怎样的情绪，幼小的孩子们根本不知道。

历来的惯例是，到了征兵年龄的人春天先要根据报告书接受审查，就像农产品品评会上的青菜萝卜似的，当场分配好兵种，然后到了年底，他们再在一片欢呼声中被送入军营。但是，随着战线日益扩大，战局吃紧，连那么点时间都没有了，人们入伍后马上被送上前线。码头上搭建的门楼上一直挂着欢送和欢迎的匾额，绿色的杉叶都变成了褐色。迎来送往的喧闹声响彻整年，偶尔有些短暂的空隙，是无声的“凯旋士兵”装在蒙着白布的四方盒子里，伴着海风穿过门楼回到家乡。

整个日本到处都搭建了这种绿色的门楼，多得数不清的年轻人接连不断地穿过这里。在战争没有结束的一九四一年，战线扩大到太平洋，欢呼声越发响亮。十二月八日，日本以天皇名义宣战，但在此之前，那年入伍的仁太、吉次和矶吉他们就不在村子里了。出发当天，大石老师准备了几份纪念品。她把那张照片印成明信片大小送给他们。原版照片已经丢失。除了竹一，其他人都没有了，所以大家很高兴。

“你们一定要保重身体。”

然后，大石老师又压低声音说：

“可别搞什么光荣牺牲，一定要活着回来。”

听到的人都像是恢复了拍照片那时的纯真。矶吉偷偷流下眼泪，竹一轻轻侧着脸低下头，吉次默默地低着头，森冈正点点头，笑容里带着阴影。只有仁太一个人说：

“老师，不要担心，我们会打了胜仗回来的！”

实际上，仁太这句“回来”是压低了声音说的，怕被附近的人听到。现在“回来”这种话，是想都不能想了。但仁太真是这么想的吗？老实巴交的他并不会考虑什么体面，什么语言的含蓄，但珍惜生命也不落人后。只是别人不会这样诚实地说出来。听说征兵检查那天，当他得知自己“甲种，合格”时，情不自禁地在检查官面前叫出来：“糟啦！”

大家全都笑了。这事在当天就传开了，奇怪的是仁太并没有因此挨巴掌。他脱口而出的那句话实在太没有常识，假如检查官真的没听到，那么如实说出内心所想的仁太真的太幸运了。他替大家喊出了深藏心底的话。这件事成了近期的奇谈，连大石老师都听说了。

仁太真的能打了胜仗回来吗？

不管怎样，他走后直到第二年年中，连一封信都没有寄回来。中途岛海战的消息，让这些海边村落的人感受到了一种言语难以形容的不安和绝望，那些母亲都偷偷去庙里进行百次祈祷。仁太和森冈正就是被分配到了海军。平日里总是微笑着的水兵仁太，走后再也没有任何消息。

仁太现在在哪里？他还在用那可爱的大嗓门叫喊吗？

只要想起一个人，必定会接连想起在 K 镇公共汽车站见到的那些年轻人，一笑嘴巴里就露出黑影的老人，还有春寒料峭的路边只能晒到平凡的太阳、含苞欲放的棣棠花。想着想着，大石老师心中笼罩上一层更重的阴影。不知什么时候，大吉的父辈工作的船变成了军舰，也不知道他们现在行驶在哪一处海面上。但人们连这种不安都不能相互倾诉，不仅自己是这样，那些军人的妻子和母亲更是如此。人们的生活怎么可以这样被破坏了呢？不止她一个人，被剥夺发言权的人还有许多许多，假如大家齐心呼吁会怎样呢？啊，这能办到吗？但倘若有人说出来，就像那位没有槽牙的老人说的，就会被反绑双手。

春寒料峭的路边，棣棠花享受着平凡的阳光，只要晒到太阳，想必一定能开出层层叠叠的花朵……

爱哭鬼老师

海上、空中和陆地都从战火中得到解放的第二年，四月四日一大早，有艘小船从老松树村划出，向海角村驶去。船上坐着一个穿着藏青碎白花纹的扎脚裤、上了年纪的瘦小女人。

雾霭沉沉地笼罩着静静的海面，海角村看起来像是浮在梦境中；不一会儿，又像被初升的太阳唤醒，慢慢显露出那细长的形状。

“啊，终于放晴了。”

船夫望着还很远的海角村说。他看起来不过十二三岁，身子小小的，用尽全力摇着橹推动船前进，眼里闪烁着光芒。同样望着海角村的女子怜爱地对他说：

“还是第一次去海角村吧，大吉？”

声音与她的容貌并不相符，很年轻。

“嗯。那是海角村啊，以前也没有事要去那里。”

男孩头也不回地回答。

“是啊。就连妈妈也好久没去海角村了。海角本来就是那样的地方。算起来有十八年了。呀，都快二十年了。难怪妈妈也老了呀。”

原来这是久违的大石老师的声音和身影。今天，她时隔十三年又恢复了教职，再次去海角村工作。过去精神抖擞地骑着自行车上下班的老师，现在恐怕没有那时的冲劲了。其实原因不仅仅是这一点。战争甚至把自行车都从国民的生活中夺走了，战败投降后的半年间，想买自行车也买不到。决定去海角村工作时，最先让她感到为难的就是这个。就连早年行驶到半途的公共汽车，也在战争中停运了，至今没有恢复。早年骑自行车上下班，往来于那单程八公里的路上，现在只能走着来去了。考虑到这根本不是人力能支撑下去的路程，她想干脆一家三口搬到海角村去住。大吉提出反对，他说会划船接送。船可以跟人借，当然还得支付相应的报酬。

“要是下雨了怎么办？”

“那就穿上爸爸的雨衣。”

“刮大风的日子不麻烦吗？”

“……”

“啊，你不要担心啦。刮风的日子，我就走着去上班。”

她赶紧说了一句，替无言以对的大吉打圆场。明天的事情明天再说。在那连明天的事情都不敢多想的漫长岁月里，人们学到的是不能因为刮风下雨就灰心。战争让这个六口之家只剩下三个人，但正因如此，剩下的三个人更要想方设法努力活下去。大吉升上六年级了，并木是四年级学生。第一天上班临出门时，并木送母亲到海边。想起并木也到了要上学的时间，大石老师不禁回头看向老松树。好久没从海这边看老松树了，它还是和从前一样。但看起来没有任何改变的村子，现在也发生着巨大的变化，一切都是战争带来的，是打仗导致的。

“大吉，累不累？手上磨出水泡了吧？”

“磨出水泡，一会儿就成了茧子。我没事。”

“谢谢啊。不过，咱们明天再早点出发，怎么样？”

“为什么？”

“老师的儿子每天上学迟到，怎么都有点说不过去。过些日子，妈妈打算想办法买辆自行车。”

“没关系，我有正当理由不会挨批的。还是我用船送您。”

大吉慢慢摇橹，身子也随着前后摆动，得意地笑着回答。

“摇得真不错，真不愧是海边长大的孩子。你什么时候学会的？”

“一个人就学会了。六年级学生都会摇橹。”

“哦，妈妈也学学吧。”

“不用。我会送您的。”

“对了，以前有个叫森冈正的孩子，还上一年级呢，就说要划船送妈妈上下班。那是很早以前的事了。他已经在战争中死了。”

“嗯嗯，是妈妈教过的学生吗？”

“是的。”

大石老师突然流下了眼泪。要是森冈正活下来，也一定是个好小伙吧。她想起了五年前在码头分别时见到的森冈正。他那时的身影与幼年时的身影在老师的脑海中重叠了。从那以后再也没见过森冈正，还有那些永远无法再见到的学生们……经历这场惨烈的战争，究竟还有几个人能重新踏上故乡的土地，再次和自己相见呢？想到这里，老师的心情不断暗淡下去。

噩梦般的五年过去了，大石老师饱尝了和其他人一样的创伤和痛苦，最后不得不在幼小的儿子的安慰下，再次前往偏僻的小村落赴任。这时，她才深刻体会到能找到一份工作是多么值得庆幸。当年的学生早苗帮她递上了申请书，可她的生活窘迫到连件能穿出去上课的衣服都没有。不如意的生活催人老，她不过四十岁，看上去却像是四十七八的样子了，就算说五十岁也没有人怀疑。

为了活下去，人们牺牲了一切人性，可最后还是死去了。那些年里，双眼已经惊吓得合不上，能合上也得将不断流出眼角的泪水隐藏起来，每天忙忙碌碌过日子，就像有什么东西追在后面似的。人们不知不觉习惯了这一切，忘记了停下来转身回顾过去，心灵深处都已荒芜。假如不想让心灵荒芜，那就意味着拒绝活下去。那种慌乱不安一直持续到战争结束的现在，还将延续到未来。这一切都让很多人觉得战争并没有结束。

原子弹爆炸的惨状，仅仅作为一个新名词广为流传。在真正的惨状还无人得知的那年八月十五日，上国民学校五年级的大吉被召集到学校收听广播。听完后，他垂头丧气地走回家，好像连那弱小的肩膀都要担负起战败的责任。

半年过去了，看着眼前用力摇橹的可怜的孩子，大石老师不禁深深感慨：孩子就是能顺应时代啊。她知道如今提起半年前的事，大吉会感到害羞，因此没有说，只是一个人回忆着。

那天，她笑嘻嘻地拍着大吉的肩膀，像在鼓励垂头丧气的儿子。

“你发什么愁。以后小孩子就能有个孩子的样儿，可以好好学习了呀。来，吃饭吧。”

但是，平日一到饭桌边就大声吵闹的大吉却看都不看饭桌一眼。

“妈妈，战败了。您没听广播吗？”

他的声音透出一种悲壮。

“听到了。不过，战争结束了不好吗？”

“战败了也好吗？”

“嗯，就算败了也好。以后再也不会有人死在战场上，活着的人可以回来了。”

“没有做到一亿玉碎啊！”

“哦，没有做到，太好了。”

“妈妈，战败了，您不哭吗？”

“不。”

“妈妈竟然高兴！”

他的话像是在责备母亲。

“别说傻话了！大吉你究竟是怎么想的！爸爸死了，再也回不来了，大吉！”

母亲严厉的声音吓得大吉差点跳起来。他仿佛第一次意识到似的，认真地看着母亲。但是他的心灵之眼并没有因此睁开。在他看来，发生这件大事的时候，母亲却还能若无其事地招呼他去吃饭，这让他想责备母亲。大吉不知道和平是什么，听说自己出生那晚正举行防空演习，到处漆黑一片。他在灯火管制中成长，已经习惯了警报声，盛夏也得随身带着棉头巾上学。他在这种环境中长大，自然不明白为什么母亲如此憎恨战争。无论哪个家庭都有人参加战争，村子里几乎没有年轻人，这一切在大吉看来是理所当然。学生都被动员，连女孩子们都要参加义务劳动。所有寺庙神社都被打扫得干干净净，一片叶子都没有留下。大吉他们相信，这就是平民百姓的生活。但是，他不喜欢去山里捡橡果，吃苦涩的面包。大吉他们小小的村子里出了几个少年航空兵。

“当上了少年航空兵，就能吃好多年糕红豆汤。”

有些可怜的贫穷人家的少年郎，还没到年龄，却被能吃个够的年糕红豆汤吸引，志愿去当航空兵。这些少年也因此成了“英雄”。当时的世道是无论家庭是否贫穷，只要不倾心于此，就会被视为非国民。背着父母私自当学生兵反而是一种荣耀，如果是独生子，对他的“英雄”评价会更高。镇上的中学里有许多少年志愿兵，其中就有三个背着父母报名的独生子。这成了学校的荣誉，同时也寒了父母们的心。那时，年幼的大吉像是在感慨自己的年幼一样说：

“啊，我想早点升上中学。”

然后，他还唱了起来。

“扣好军装上的七个纽扣，樱花瓣飘落在船锚上……”

孩子们受到的教育，是将人的生命比拟为樱花，像樱花飘落般牺牲才是年轻人的最终目标，可以得到无上荣耀。那时的教育是让全日本的男孩子都至少靠拢并相信那种思想。校园角落里，读书的二宫金次郎[1]的铜像也在欢呼声中被送出去。几百

---

①原名二宫尊德（1787-1856），日本江户时代后期的农政家、思想家。

年来，庙里朝夕报时、非常时期报警的大钟也被人从钟楼卸下，送上战场。大吉他们悲壮万分，好像连性命都不再吝惜。但是，大石老师一次都没有赞成过。

“大吉，妈妈还是希望你做个普普通通的人。什么为了荣誉战死沙场，一家有一个人还不够吗？人死了，就什么都没有了。妈妈辛辛苦苦把你拉扯大，大吉你就那么想去送死吗？你准备让妈妈每天哭着过日子吗？”

母亲说着，用湿手巾盖住气得通红的脸，好像在降温。可是，那热度太高了，湿手巾已经起不了作用。大吉却反过来要说服母亲。

“那样的话，妈妈您就不能成为‘靖国之母’了呀。”

他相信那才是忠君，那才是孝敬父母。母子俩话不投机，说不到一起去。

“啊，你竟然还想让我成为‘靖国之母’？妈妈只当一个‘靖国之妻’就够了！”

大吉偷偷地为自己有这样的母亲感到羞愧。“军国少年”还是要面子的。他极力隐藏母亲的言论。在大吉看来，母亲的言行总让人有点担心。很久以前，当因病回家休养的父亲再次接到上船的命令时，大吉带头和并木他们欢闹起来，母亲却皱着眉头，压低声音说：

“干什么呀，这群孩子。真是傻，一点都不理解大人的心情。”

说着，母亲用指尖弹了一下他的额头。大吉摇摇晃晃差点摔倒，他很生气，准备好好跟母亲争辩一番。但他看到母亲眼中的泪水，立即不作声了。父亲笑着安慰大吉。

“没事的，大吉。你们才八九岁，要是动不动就哭，爸爸怎么能好呢。闹吧闹吧。”

父亲这么一说，他们反而不闹了。于是，父亲把三个小孩一起抱住。

“大家一定要健健康康地长大哦。大吉、并木和八津长大后都要帮忙好好照顾外婆和妈妈。到那时，战争也就结束了。”

“呀，战争会结束，为什么？”

“连病人都要拉去上战场，看来……”

不过，孩子们并不懂父亲话里的意思。他们只是为父亲要上战场感到自豪。一家团聚生活在一起，孩子会感到没面子。那时，不论哪个家庭都被破坏了。

接到父亲阵亡的公报，是在塞班岛失守前几天。那时大吉哭了。他把胳膊蜷在胸前，用手背不停地擦眼泪。母亲搂住他的肩膀往怀里拉。

“振作起来，大吉！一定要振作起来，大吉！”

母亲的话既像是在鼓励他，又像是在鼓励自己，接着又小声告诉他，父亲是多么想留在家里。

“他知道走了就再也回不来了。可那时你们还闹腾。妈妈太难受了，太痛苦了……”

甚至在那时，大吉还在想为什么母亲要说那些话。他希望听到母亲说，父亲是高高兴兴勇敢出发的。父亲的死虽然令人伤心，但没有父亲的孩子不单单是自己一个人。他觉得这一切理所当然。隔壁村子里有户人家有四个儿子，四个都死在战场上，他们家门口并排贴着四块“光荣牌”。大吉他们不知用多么尊敬的目光仰望着那“光荣牌”，那甚至可以说是一种羡慕。

写着“战死”两个字的细长小木牌不久送到了大吉家。母亲把装有小木牌和两根小钉子的信封打开放在手掌上，盯着看了好一会儿，然后又重新装起来，收进火盆橱的抽屉里。

“这种东西钉在门上，能起什么符咒的作用！真够傻的！”

母亲好像生气了，她低声说着用力捣米。米是装在啤酒瓶里捣的，那是给生病卧床不起的外婆熬粥的米，大吉他们都吃不到。外婆在防空演习中摔倒后一病不起，已经没有治愈的希望了，只能卧床养着。医生说，不是因为摔倒而得病，是因为得了病才摔倒的。村里年过八十、发须皆白的医生不愿去没有希望治愈的病人家看病，也没有别的医生可以请，母亲想至少要准备些好吃的，可是怎么也弄不到。去海边也买不到鱼，她到处打听，有鱼吗？有鸡蛋吗？有时为了一条鲳鱼、一颗鸡蛋，她不得不低头哀求三五回才能买到。因此，母亲常常一个人出门四处寻觅。

有一天，那“光荣”的木牌悄悄地从火盆橱的抽屉里跑到了门楣上。那是大吉趁母亲不在家钉上去的。小小的“光荣牌”在它应该在的地方闪闪发光。“光荣牌”的妻子也不禁站住盯着它看了好一会儿，看着这块拿一个男人的性命换来的小小“光荣牌”。“光荣牌”越来越多了，不管谁家的门前都装饰着一块，好像不知道这是耻辱。也许，最希望得到“光荣牌”的就是年幼的孩子们了吧。

终于到了八月十五日，战败投降的消息如洪流般冲击着乡村的各个角落，在这片混乱中，大吉他们好不容易清醒过来，但他们怎么可能为此感到欢欣呢？孩子们没有一丝一毫感到喜悦的理由。

战争结束后，四处寻觅食物、挣扎着活下去的人已经够多了，现在每天还有许多幸存的士兵回来。有的士兵活着却没能回来，还有永远无法回来的父亲、丈夫、儿子或兄弟。过去因为他们钉在门上的“光荣牌”也一齐从家家户户门上消失，再次失去了下落，仿佛这样就能逃避战争的责任。

大吉家门上的“光荣牌”也同样消失了，但妹妹八津的死是大吉没有想到的。那是外婆去世后第一年的事。短短一年间，一家人遭遇了三次死亡。父亲消失在大海的泡沫中，连尸首都没有找到；外婆衰弱不堪，如枯木般倒下；而前一天还在活蹦乱跳的八津，却在一夜间像做梦般死去了，实在让人感到无常。

八津的死最让大家伤心，她得的是急性肠胃炎。八津瞒着家里人吃了一颗青柿子。那柿子还有一个月才熟，但吃起来并不涩，八津就吃了。虽说一起吃的还有别的孩子，可是被夺去性命的只有八津一个。

“战争已经结束了，可八津还是被战争杀死了……”

母亲这么说时，大吉并没有立即领会话里的含义，不过后来他渐渐明白了。这几年来，村里的柿子树和栗子树，没有一棵树的果子能长到成熟。大家都等不及成熟就采来吃了。

孩子们总是去野地里采些白茅草和虎杖吃，嚼点野菜。红薯都是带着土就生吃，因此大家都生了蛔虫，脸色很不好看。生病了，村子里也找不到医生，更没有有效的药，因为医生和药品都被送上了战场。外婆去世时，连村中善法寺的和尚都被征去当兵了，邻村的和尚每天忙着为阵亡者念经超度。战争结束前一阵子，寺里的和尚回来了，马上帮外婆诵经做法事。可是谁想到，现在又要接着请他给八津做法事。

外婆临终前，曾懊恼菩提寺里没有和尚在，而年幼的八津从没有考虑过这种事，大吉一想到这些，就痛恨那些高声诵经的和尚。听母亲说，八津出生的时候，父亲的身体已经不太好了，打算下船后好好休养。多年来，父亲一直在大洋中航行，现在想回家好好休息。他说咱们家就是第八个港口，所以给那时出生的女孩起名叫“八津”。然而，父亲没能在自己家的港湾里好好养病，甚至连他寄予希望的八津也离开了人世。

那时物资极其匮乏，听说连存放八津遗体的棺材都得自己带着材料去才能做，于是把家里早年稍微有些坏了的衣柜拿去改做。鲜花也被赶出了人们的生活。大吉和并木两人去墓地时，采了些波斯菊和紫茉莉祭奠八津。原来院子里种着很多鲜花，但大吉他们能记事以来，就已经改种萝卜和南瓜了。连屋檐下狭窄的一块地也都种上了南瓜，瓜藤爬上了屋顶。八津死后，母亲哭着把屋檐下的南瓜连藤拔了。三四个晚熟的小南瓜顺着藤蔓滚落下来。母亲挑出其中最圆的一个放在盆中，供奉在佛坛前。外面谣传八津是得痢疾死的，因此灵前守夜也没有人来。母亲就跪坐在枕边，到了例行的停电时间后，她忽然想起什么，拿起枕边护身用的德国佐林根菜刀从侧面一刀插进南瓜里。孩子们都被吓住了。佐林根菜刀是父亲买回来的，平日里，母亲告诉他们这把刀很可怕。假如母亲这时不是在笑，大吉他们会吓得尖叫起来的。但是母亲笑了。哭肿了眼睛的笑容，看起来像是另外一个人的。不过她的眼神好像在说，没关系，没关系。大吉他们才放下心来。

“一起给八津做个好东西吧。这个东西，你们都不知道呢。八津还不知道，就这样没了。大吉你们知道吧，晚熟的小南瓜也是可以吃的。妈妈小时候经常用晚熟的小南瓜做玩具。你们看，这是窗子……”

母亲从南瓜的侧面挖下一个四方的小块。

“再在这里开个小圆窗。这个稍微有点难。大吉，去把小浅碟子拿来，用它做个模子。然后再拿个盆，我要把瓤掏出来。”

大吉和并木瞪圆了眼睛看着。母亲做出来的是个灯笼。在窗户上糊上纸，在里面插上钉子，做成插蜡烛的底座。点上配给的蜡烛后，这灯笼一定会让八津高兴。大吉一时忘了哀伤。

“妈妈手真巧，满分！”

小小的棺材做好了，灯笼也放了进去，就放在八津的脸旁。八津经常玩的贝壳和纸人偶也放在一旁。悲伤忽然涌上心头，大吉和并木放声痛哭。大吉呜呜哭着，忽然想起八津一直想要自己的九连环，不禁责备自己对妹妹太冷淡，不借给她玩，他想现在拿出来给妹妹。当他把九连环递到妹妹交叠在胸前的双手中时，那双冰凉的手已经拿不住东西了，九连环滑到了棺材底部。并木也一边哭着，一边拿出以前宝贝得藏起来不愿让八津看到的彩色折纸，折成仙鹤、小人、气球放了进去。八津带着这些东西踏上了冥途。

遭受了这些打击，大石老师骤然老了许多，也增添了不少白发。矮小的身躯更加瘦小了，要是腰也直不起来，完全就是个老太太了。年幼的大吉吓坏了，时常担心母亲。他已经到了能深刻体会生命何等可贵的年龄。

必须要好好照顾妈妈——父亲的那句话在他心中回响。

“妈妈，柴火我去弄。”

说着，他和并木一起进山去砍柴。

“妈妈，配给的东西，我放学回家路上去领。”

去远远的配给所领东西也成了大吉的活儿。并木也不服气。

“妈妈，水都让我去打。”

母亲变得爱流眼泪了。

“呀，你们俩一下子变得这么孝顺了。”

她身体如此衰弱，受到孩子们如此的照顾，这次能再次恢复教职，全靠早苗暗中帮忙。早苗现在在母校——海角村总校工作。

“都已经四十了呀。现职的老师到了这个年纪，都准备让他们退休了呢。”

校长歪着头有些犹豫，早苗再三央求，他终于答应大石老师愿意去海角村分校的话，事情才有可能。而且，大石老师还不是以教员资格，而是作为按校长个人意见聘用的助教去的。她只是个临时教师，如果有适当的人选，说不定随时会被解聘。早苗觉得很过意不去，把整个情况都告诉了老师。不过，大石老师的双眼却闪现出异样的光彩。

“去海角村，太好了！多年的心愿终于达成了。从前还欠着大家的情呢。”

条件恶劣之类的问题，她根本不在意，发自内心地露出了笑容。那时，早已忘却的记忆又在大石老师的心里像鲜花盛开般新鲜地复苏过来。

“老师，一定再来啊！”

“脚好了后一定再来啊！”

“说好了啊。”

那时，大石老师不知道自己会和从前接替她工作的上年纪的后藤老师一样受人怜悯，不，她不可能不知道。但她是有两个年幼孩子的寡妇，只得像后藤老师一样高高兴兴地去海角村工作。看到海角村的群山越来越近，在露水的洗涤下闪烁着绿色的光芒时，她不禁觉得自己也年轻起来。过去骑自行车、穿洋服引领时尚潮流的她，如今却随随便便扎着花白的头发，穿着用丈夫的和服改做的藏青碎白花纹扎脚裤，让年幼的儿子划船送自己上班。假如要勉强找出一点以往的痕迹，恐怕只剩下那双偶尔闪烁着光芒的双眼和年轻的声音了。当年被讥讽为臭美的洋服和自行车，之后却流行起来。如今村子里没有不会骑自行车的女人了。但近二十年的岁月过去，已经没人记得年轻时候的她了。

刚觉得陆地嗖地滑过来，船已经靠岸了。村里的孩子们还是和从前一样，看到不熟练地用橹摇船的大吉和没见过的大石老师，全都一个接一个赶过来。但是，孩子们中间没有一张熟悉的脸庞。衣料长年匮乏，原本就穿着朴素的海角村孩子们更是可怜。有的男孩子穿着破成一条条的短裤，布料的破洞中露出皮肤。老师向他们笑了笑，他们有的露出害怕的神情，有的呆呆的没有表情，但一个个看起来很是好奇，让开一条道。不过一双双好奇的滴溜溜转的眼睛还和从前一模一样。在这些目光的包围下，大石老师打起精神，一下子跳下船。在这里，每一块石头甚至都保留着从前的样子，让人如此怀念。她好像有点晕船，走路摇摇晃晃的，慢慢走了几步，就听见后面有人轻轻在说：

“那大概就是老师吧。”

“真的吗？要不给她行个礼，不就弄明白了吗？”

三四个孩子忽然啪嗒啪嗒地跑到她面前站住了，堵着路愣头愣脑地低头行礼。临近新学期开学，一年级新生都在学习怎么鞠躬行礼，这些还没到入学年龄的小孩子也都模仿起来。大石老师泪眼汪汪地还礼。一来这里，首先就受到小孩子的欢迎，她感到很高兴。她悄悄按了按眼睛，脸上露出笑容，再次环顾四周，还是没有马上能想起来的脸庞。连路边经过的人也都不认识。村里的道路还是和从前一样，可这里的人们好像都变了样。其实，大石老师没有意识到变化最大的是她自己。路上不时有三五成群的学生从后面超过大石老师，跑到前面。有的回过头来偷偷看她一下，然后又跑走了。大石老师故意避开视线装作没看见，因为她的眼睛里闪烁着不愿让孩子们看到的泪水，她努力不让眼泪流出来。

大石老师向着独自划船回去的大吉挥挥手，走进了校门。她看到古旧校舍的玻璃窗已经碎了八成，一股绝望瞬间如潮水般涌上来。和从前一样的教室里，桌椅依然靠窗摆放着。看着窗外，大石老师不禁挺直了腰身。因为新学生已经开始走进这所古旧的学校，他们有的背着好像是用旧腰带衬芯的白布做的新书包；有的用线将绸面包袱皮缝起来，里面包着没有封皮，像是叠了几张报纸做的粗陋教科书。即便这样，孩子们的脸上依然充满了希望。这是和从前海角村的孩子们相同的表情。十八年的岁月过去了，一切都像昨天一样历历在目，大石老师有种错觉，好像今天是接续着昨天在上课。没有夸张的开学典礼，但走进教室，依然立即有一种脸颊充血的感觉。不过，她还是态度自然地开始点名。她用年轻有朝气的声音告诉大家："叫到名字，就大声回答'到'。"

"川崎觉。"

"到。"

"加部芳男。"

"到！"

"很有精神啊。大家都回答得很清楚。加部芳男，你是加部小鹤的弟弟吗？"

虽然刚刚被夸回答得好，加部芳男却只是默默地摇摇头，好像不是点名就不用回答似的。不过老师仍然笑着。

“冈田文吉。”

“到。”

他肯定是矶吉哥哥家的孩子，不过听说矶吉眼睛受伤后退伍回到村子，哥哥对他并不好，所以老师没有提起，继续往下点名。

“山本克彦。”

“到。”

“森冈五郎。”

“到。”

森冈正的脸庞大大地浮现出来。

“片桐真琴。”

“到。”

“你是琴江家的孩子吗？”

真琴不禁愣住了，她不记得那个年纪轻轻就死去的姐姐。老师不再问过去的事情了。西口美佐子的女儿叫胜子。另外三个女孩子中，有个穿红衣服的叫川本千里。老师实在忍不住，在课间休息时问她：

“千里的爸爸是木匠吗？”

千里瞪着和松江一模一样的黑黑的大眼睛说：

“不是，做木匠的是我外公。”

“呀，是吗。”

但是，她的学籍簿上却写着父亲是木匠。

“松江是哪位？你姐姐吗？”

“不，是我妈妈。她在大阪，洋装就是她寄来的。”

老师吓了一跳。幸好这个班里没有仁太和增野，她松了一口气，但又觉得有点寂寞。要是仁太在，班上十个孩子的家庭情况肯定就全部抖出来了，连每个孩子的昵称和绰号都能知道。她想到仁太、竹一和森冈正，还有矶吉和松江、富士子他们，就觉得今天跨入校门的十个一年级新生，和他们那时一样信任自己。渐渐地，这十个孩子的脸庞变成了曾经聚集在老松树下的那十二个孩子的身影。大石老师不由得望向窗外，老松树还是和从前一样，矗立在对岸。说不定家里的两个男孩子正在树旁望着海角村这边。他们是不会知道这些事的。

大石老师悄悄走到操场角落，偷偷整理自己的仪容。然而，她不知道孩子们早早就给她起了绰号。毕竟海角村依旧有像仁太这样的孩子。谁能注意不到老师手指的小动作呢。

她的绰号就是：爱哭鬼老师。

在那个晴朗的日子里

虽然已经到了四月，午后的海边还是充满寒气。大石老师原本伸着腿坐在沙滩上，忽然起身，拍了拍扎脚裤膝盖处的尘土。身后，有人正向她打招呼。

“老师，您在这种地方干什么呢？”

来人是西口美佐子。

“呀，美佐子。”

美佐子穿着有艳丽鲜花图案的绢绸夹衣，端正地系着腰带，看上去像要出门似的。她郑重地和老师行礼打过招呼后，忽然又很亲热地说：

“我想着要去见您，正准备去学校呢。”

说着，她又一次弯腰行礼。

“老师，真没想到和您还有这样不可思议的缘分。胜子也要承蒙您关照了，还请您多多费心。”

她慢悠悠地说着，客气的态度和二十年前她的母亲一模一样。不过，美佐子更坦率地表现出自己的真性情，留恋地说：

“听说老师再次来海角村，我开心得眼泪都流了出来。母女两代都承蒙您关照，这种事情真的非常难得。老师，您身体好好的，实在太好了。”

“托你的福。这些年大家都吃了不少苦吧。”

美佐子没有回答，环顾着四周。

“老师您从前受伤，是不是就在这附近？”

她的眼中流露出怀念的神色。

“是啊。你记性真好。”

“那可不会忘的。有时想起来了还和早苗说，海角村自从开办学校以来，一切奇怪的人都聚集到我们班了。对了，那时候，我们还步行到您家里去。”

她看向远处的老松树，惊讶地发现大吉的船正向岸边靠近，随即到了眼前。大石老师转过头示意，笑着对她说：

“美佐子，那是我儿子。他现在每天接送我上下班。”

美佐子听了，诧异地说：

“呀，是这样，所以老师才到海边来呀。”

大吉已经连续接送三天了，美佐子竟然还不知道。看起来美佐子继承了很少与人来往的家风。但是，时代的风暴没有遗漏她的家，同样吹过了她们家高高的土墙，她丈夫被征兵走后，一直没有回来。不过眼前的美佐子就像个无忧无虑的少女，落落大方地微笑着，那和蔼的神情和过去一模一样。在这些天天穿着朴素扎脚裤的村民中，只有她一个人还保持着大户人家年轻太太的风范。美佐子究竟是怎样度过漫长岁月中接连不断的苦难的？听说战争结束时，西口家的仓库里军用物资堆积如山，都顶到了天花板。这谣言还没辨出真假就过去了。也听说过美佐子家曾靠那些物资发了大财，但从她的脸上看不出干过那种坏事的痕迹。

现在她和大石老师并肩站在一起，大吉的船一摇晃，她就流露出真心担忧的神情。

“老师，这样大的风，对小孩子来说还是有点困难的。啊，危险！”

大吉小小的身体好像马上要和橹一起被大海吞没了。他幼小的身子和小船一起拼命地挣扎，在海这边看着的她们也不禁替他用力。岸上寒气阵阵，大吉却已经满头大汗。

“老师，您不再骑自行车了吗？”

美佐子问道。大石老师没有心思仔细听，她一心看着海上，恨不得将正在海上不断摇晃起伏、饱受折磨的大吉连船一起拉到怀里。美佐子再一次说：

“刮风下雨的日子，坐船过来实在有些勉强。还不如骑自行车更快一些。”

“是啊。可是，美佐子，如今自行车可不是想买就能买到的。就算买得到，我的钱包也不成啊。”

大石老师说着，眼睛一直盯着小船。她想起了从前分期付款买自行车的事。那时帮了自己的自行车铺千金富子，后来结婚去了东京。战争期间连明信片都买不到，她就这样失去了消息，直到现在。听说她家在东京的本所又开了一家自行车铺，不知道现在会在哪里，生活得怎么样。会不会在三月九日的东京大空袭中，全家都被炸死了呢？战争结束时，大石老师曾这样想过。之后忙忙碌碌，生活的不安稳让她顾不上担心别人。

富子一家在K镇住过的房子，现在还是一家自行车铺。不知什么原因，战争期间换了老板，现在是一个看起来有点穷苦相的老男人经营着那家脏兮兮的旧车铺。他家的儿子也死在战争中了。哪来的新自行车呢？美佐子却说得那么轻松简单。

“老师，如果您要买自行车，我可以帮您想办法。”

老师还没来得及想这话究竟是什么意思，大吉的船就忽然加速，靠近了岸边。船到岸了，也许是风停了的缘故吧。大吉只冲着母亲笑了笑，又转过身去。他用船篙撑着，和往常一样把船头靠到沙滩，等着母亲上船，忽然，耳边传来与平日不一样的称呼。

“喂，小哥儿，终于逮到你了，快上来吧。”

大吉吓了一跳，回过头。大石老师笑着说：

“大吉，上来休息一会儿吧？”

大吉没吭声，只是摇摇头。大石老师接着又说：

“妈妈和这位还有点事要说，所以你稍微等一下。”

大吉好像生气了，沉默着从船上跳到沙滩上。等他将船缆系到大石头上，大石老师招呼他：“大吉也来这边。”

大石老师想当着大吉的面，向美佐子询问一下自行车的事情。但她和好像已忘了这件事的美佐子、装着大人样抱着膝盖望着大海的大吉在沙滩上坐下时，不知怎的不想再提自行车了。美佐子或许有办法弄到自行车，可老师担心有一天彼此的心会因为一辆自行车而变浑浊。

三个人都不吭声，气氛有点沉闷，美佐子像是要缓和一下，轻快地说：

“前阵子，我还和早苗说呢，咱们班同学一起给您开个欢迎会。”

“呀，那可太高兴了。不过我好像没起什么作用，当不起你们的欢迎。来这儿之前，我一直以为自己还和以前那样有精神，后来才发现自己总在哭总在哭，净想起一些让人掉眼泪的事情……”

说着说着，老师又泪眼汪汪了。她赶紧擦去泪水，像是下定决心般回答，声音中带着颤音：

“不过，太让人高兴了。你们班还有几个人？”

“男的两人，女的三人。不过女生这边还想把小鹤和小松也叫来。”

“小松，是川本松江吗？”

“是的。很长一段时间都不知道她究竟在哪里。战争期间，她忽然回来，就待了很短一阵子，然后不知又去了什么地方。不过听说增野知道她在哪里。小松变得可漂亮了，老师您一定认不出了。”

美佐子的脸上露出异样的表情。大石老师故意装作没看见，想起了前天发生在教室里的事情。

“千里，你爸爸和外公都是木匠吗？”

“不，做木匠的是我外公。”

“松江是你姐姐？”

“不，是我妈妈。她在大阪，洋装就是她寄来的。”

川本千里那双又黑又亮的眼睛和松江一模一样。老师不愿向美佐子打听这些事。不过，她有别的事情要问。

“对了，富士子怎么样了？你知道吗？”

美佐子的表情比刚才说到松江时更紧张了。

“那家伙完全没有消息了。战争期间倒是听说有个暴发户把她赎了出来，算是发迹了呢。那人开了个军需物资公司，现在怎样就不知道了……”

不知不觉中流露出优越感的美佐子也好，走在阴暗人生道路上的松江和富士子也好，大石老师都故意不提她们的境遇，只是低着头小声嘀咕，好像是在对自己说。

“只要活下去，总会再见面。死了可就全完了。”

美佐子也压低声音，诚恳地说：

“真是这样。死了还谈什么荣誉不荣誉的……对了，老师，琴江死了，您知道吧？”

老师点点头，没有回答。美佐子继续说：

“松鸡的事情呢？”

老师同样点点头，眼里再次充满泪水。当早苗告诉她矶吉双目失明退伍回家时，她和早苗一起放声痛哭。那时的悲伤至今还压在心底。听说早苗去探望矶吉时，他戴着眼罩，一直低着头，简直都要碰到膝盖了，样子十分沮丧，一直嘀咕着还不如死了算了。一直梦想成为当铺掌柜的他，想到回到贫穷老家后的生活就想死。体会到矶吉那种心情，早苗也哭了。但现在情况不一样了，听说矶吉成了镇上按摩师傅的徒弟。他的人生道路再度启程，虽然有点晚，但大石老师听说后还是松了一口气。生存的道路只有一条，矶吉该如何在那个黑暗的世界里生存下去呢？

美佐子继续说着，好像要把心中的贫瘠全都暴露出来。

“就算活着回来了，可眼睛瞎了多麻烦啊。还不如死了好。”

美佐子压根儿没考虑过究竟是谁弄瞎了矶吉的眼睛之类的事。大石老师觉得再也不能逃避了。

“美佐子，你怎么能说出这种话来呢！矶吉正努力重新站起来。你们是同班同学啊！”

美佐子慌了，像挨训的学生一样。

“可是，可是，松鸡他每次见到人都说，还不如死了更好。”

美佐子涨红了脸，像是意识到了自己的肤浅。

“你不觉得可怜吗？他想死，是因为没有别的道路可走了呀。多么可怜。你不这样觉得吗？”

“当然，我也这么觉得。他真可怜。再怎么说我们也是同班同学。不过，我们班里有很多人生活得都不好。老师，五个男生中有三个死在战场上了。”

并排坐着的大吉拉了拉大石老师的胳膊，她转过头，这才注意到在他们身后，有六七个小孩围成了不规则的半圆形，正稀奇地注视着他们。大石老师这么忽然一回头，把孩子们吓得像飞鸟般四处散开。他们边跑边喊：

“爱哭鬼老师！”

“爱哭鬼老师！”

看到孩子们向后面那座山丘上的公墓跑去，大石老师说：

“美佐子，咱们一起去扫墓吧。”

“好，我去拿点水来。”

美佐子迅速站起身，小跑着进了路旁的一户人家。不一会儿，就见她拎着水桶出来了。大石老师扬起下巴向墓地方向示意了一下，对大吉说：

“墓地就在那边，我去个十分钟就回来，你等我一下。妈妈要去给教过的学生上个坟。你也可以和妈妈一起去。”

但最后大石老师还是把不太高兴的大吉留下，和美佐子并肩走了。

“呀，美佐子，你都成高个子了。那时候你最矮吧。”

“不，琴江最矮。其次才是我……老师，琴江的墓。”

从路旁向前走两三步就是琴江的墓。在风吹雨打下变得黑黝黝的小佛龛下面，一块同样黑黝黝的小牌位倒在那里，就像躺下休息一样。牌位前放着一个浅浅的碗，或许是琴江生前用过的吧，里面只剩下半碗褐色的水。美佐子往碗里倒满水，大石老师在一旁拿起牌位抱在胸前。现在，只有这个才能证明琴江曾经存在过了。上面写着“俗名琴江，享年二十二岁”。啊，这里埋葬着一个就这样消失了的生命。琴江得病后，没有医生和药品，连亲人的看护都没有，一个人躺在库房的角落里，连什么时候死的都没人知道。

“父亲总是后悔，说如果我是个男孩，就可以帮很多忙。因为我不是男孩子，母亲吃了很多苦……”

大石老师眼前浮现出上六年级时琴江的脸，她好像把未生为男儿身当成了自己和母亲的责任。即使如她所愿生为男孩子，现在想必也躺在军人墓地里了吧。究竟是谁夺去了这些年轻的生命？大石老师不禁又流下眼泪。

“走开！别这么奇怪地跟着！”

美佐子的训斥声让大石老师回过神来，原来孩子们正看着她。

“也许我真成爱哭鬼老师了。”

大石老师说着笑了起来。美佐子也一起笑了，递过勺子，像是在催促她。

“老师，浇水吧。”

碗里盛满了绿绿的卫矛叶子，不知是什么时候供上的。军人的墓地在山丘顶，依照甲午战争、日俄战争、中日战争的顺序，立着许多墓碑，旧的多是石碑，新的几乎都是木牌。有的已经朽烂，有的已经倒下。其中仁太、竹一和森冈正的木牌还是新的，立在那里。这儿同样体现着世道的混乱。没有供花，在这些被夺走的年轻生命的墓前，人们甚至忘了供上鲜花。花瓶里的山茶花在午后的阳光下晒得干干的。规划得整整齐齐的墓地里，新的军人墓只立着木牌。墓地里的一切都在诉说，现在，人们连做块石碑送来墓地安慰一下的力气都没有了。

这一切在大石老师的心底不断盘旋。她想起丈夫的墓地也是这样，于是在遍地生长的春草中采了些蒲公英和紫花地丁供在墓前。两人默默走出墓地，大石老师没有再哭泣，不过身后跟着的孩子们依旧在喊：

“爱哭鬼老师。”

大石老师立即回过头，做出了回应。“哎——”

吓了一跳的不仅仅是美佐子，孩子们也都笑了。大石老师将孩子们的欢呼声抛在身后，笑着对好像还不知道这件事的美佐子说：

“真是个奇怪的绰号啊。现在我成爱哭鬼老师了。”

新叶散发清香的五月初，一天清晨，大石老师刚进校门，就遇到了一年级的西口胜子，她好像专门在等老师。

“老师，您的信。”

胜子很得意地递过一封信。

难得的星期天，想必老师也有很多事要忙，不过还是请您务必出席。本想和您商量之后再决定，但想想不知不觉麦穗已经黄了，收获的日子也临近了，渐渐地会更难相聚，于是我们就匆忙决定了。这个日子，大多数人应该都能参加，所以请您务必出席……

是以前提过的欢迎会的邀请函。落款是美佐子和增野，不过老师一眼就看出那是早苗的字迹。老师看完信后，对胜子说：

“你回去转告妈妈，老师说好的。记住了吗？只要说好的，就可以了。”

不过，老师独自在办公桌前坐下时，轻轻嘀咕了句，真头疼啊。

那是因为昨天晚上大石老师刚和大吉他们约好，准备在后天星期天给八津过周年忌，虽然稍微早了几天，还答应给他们做油炸豆腐寿司。

“哇！”并木开心地用尽全身力气大声欢呼。大吉身为兄长，有自己的打算。

“妈妈，妈妈，咱们带些油炸豆腐寿司去八津的墓地吧。我明天放学后去 K 镇的黑市上买点油炸豆腐回来。妈妈，妈妈，需要几块油炸豆腐？妈妈，妈妈，要带大豆去黑市上换吗？带几合去？妈妈，妈妈，咱们今天就用瓶子捣米吧……”

大吉习惯在这种时候不断唤着妈妈。他是多么开心。要是告诉他延期，他该多么失望啊。虽说是过周年忌，但因为是现在这种世道，不请客人也不请和尚。老师是想慰劳一下帮忙看家、接送自己上下班的两个儿子，也想悄悄庆祝一下自己领到了久违的薪水。把这些事情和八津联系在一起，是因为每次见到和八津年纪相同的一年级学生，就想起了她，而且和美佐子去给仁太、竹一他们扫墓时也起了这个念头。

那天，老师回到家，和两个儿子说起这件事。

"有件为难的事情要告诉你们俩。后天星期天，妈妈突然有了别的事情。八津的周年忌，咱们延后一周吧。"

"讨厌。"

"不行……"

两个孩子都直接表示反对。

"这样啊，真伤脑筋。妈妈以前教过的学生说，要给妈妈办欢迎会。欢迎会，就是开开心心迎接妈妈的会。这样的事情，妈妈不能拒绝啊。"

"不行，我们已经说好了的。"

平时总是看家的并木毫不让步。大吉一直不吭声，但他的脸上分明露出了失望的神情。

"是啊。就是因为和你们说好了，妈妈才伤脑筋。并木和大吉，你们来替妈妈想想。妈妈不去参加欢迎会，就待在家里，这样好吗？"

大石老师给两个孩子念了那封信。两个孩子不吭声，看着彼此。终于，并木嘟嘟囔囔地发牢骚说：

"都说好了的，是我们有约在先，得讲民主。"

母亲不禁为儿子脱口而出的"民主"笑了起来，同时她想到了办法。

"这么办好不好？八津的周年忌，咱们延后一下。后天，咱们远足去本村。妈妈的欢迎会在水月楼举行。对，就是那个叫香川增野的学生家开的饭馆。你们俩可以去本村的八幡神宫、观音庙逛逛,等着妈妈。你们带便当去,可以在码头上吃。对了,还能带上钓鱼竿,在码头上钓鱼,可有意思了。”

“哇!好,好!”

又是并木先欢呼起来,大吉点点头,也露出了赞同的笑脸。

星期天,一早天就阴着。如果不下雨,从老松树出发,这四公里路走着反而更舒服。欢迎会一点开始,他们十二点就出门了。以前搭乘公共汽车只需十五分钟的路程,现在母子三人一步一步走着。他们很少这样,所以碰见的人都问:

“三个人一起,这是去哪儿?”

总是并木开口回答。他有点开玩笑地说:“原足去。”

他故意把“远足”说成“原足”。好像谁都没听懂,不过也没人再追问。大吉和并木觉得很好玩,每当对面来了个熟人,他们就小声说“三个人一起,这是去哪儿”。声音低低的,只有母子三人能听得到。

每次他们都猜中了。

“三个人一起,这是去哪儿?”

“原足去。”

并木回答得很快,噌噌地就走了过去。大吉紧跟在后面,追上弟弟后,两人就蹲下一个劲地笑。这样的事情,两个人有生以来还是第一次做，都兴奋得不得了。不知重复了多少次，渐渐地不再有人问了，那时他们已经走到了隔壁的村子。走进本村，快到要和母亲分开时，兄弟俩都有些不安，轮流问母亲：

“妈妈，要是我们远足先结束，怎么办？”

“那就去水月楼下面的沙滩上扔石头玩吧。”

“本村的孩子要是欺负我们呢？”

“呵呵，那并木就还手好了。”

“要是比我们厉害呢？”

“没出息。那你们就大声哇哇哭吧。”

“会被人笑话的。”

“是啊，会被人笑话的。听到哭声，妈妈也会在水月楼的二楼上拍手笑话你们。”

“妈妈参加欢迎会，从沙滩上能看到吗？”

“大概可以吧。”

“那您时不时探出头来看看。”

“好、好，妈妈会看看，朝你们挥挥手。”

“这样一来，大家就知道了，原来是大石老师的孩子，就不欺负我们了。”

并木也说“大石老师”，她不禁笑了。

“哟，大石老师？他们叫妈妈……”

她本想说，海角村的孩子们叫自己爱哭鬼老师，想想还是不说了。到了分手的路口，两个孩子要去爬八幡山。走了十七八米远，大吉大声喊：

“妈妈，要是下雨了怎么办？”

“真是大笨蛋。你们俩自己想办法。”

距离水月楼只剩下不到十分钟路程。大石老师径直往前走着，早苗和美佐子像孩子似的从对面跑过来。

“老师！”

她们急匆匆地顾不上好好行礼，从两旁跑过来了。

“老师，来了个意想不到的稀客哦。您猜是谁？”早苗问。

“稀客？”

“要是一次就猜对了，我就服您。是吧，美佐子？”

两个人恶作剧般地相互点点头，笑了。

“啊，好可怕。能不能让你们佩服，就看这个回答了。嗯，既然你们说是稀客……嗯,就只可能是两个人。富士子和松江？”

“哇，怎么办！”

早苗像小孩子似的大声说。

“我猜对了？她们两人都来了？”

“不,来了一个。就一个人。您再猜猜？呀,您已经知道了。她就在那里。”

三人已经走到了水月楼前，看见大家并排站在店门口，中间是小鹤和增野。大石老师看到了戴着黑眼镜的矶吉，感到很吃惊。忽然，有人一把抱住老师的肩膀大声哭起来，原来是那个站在增野身边的穿漂亮和服的女子。

“老师，我是松江。”

还没等她说出名字，老师就认出来了。

“呀,真的是意想不到的稀客啊。小松,你能来太好了。真的,太好了。谢谢你，小松。”

松江抽噎着说:“我接到增野的信，心想这样的机会要是错过了,一辈子都会被大家挤对的。什么体面不体面,全都顾不上,赶紧就来了。老师，请您一定原谅我。”

看到她真的不顾体面号啕大哭，增野故意揪住她的后领，把她往回拉。

“喂，老师可不是小松一个人的老师。好了，别再哭了。大家上楼吧。上来吧。”

房间果然是面朝大海。

“松鸡，你好啊。”

老师拉着矶吉的手，想一起上楼。

“啊，老师，好久不见了。”

“有七年了呀。”

“是啊。我都成这副模样了。”

矶吉略微站了会儿，低着头，然后在老师的牵引下一起上了楼。阴沉沉的天空一点点放晴了，正午的太阳照在海面上，闪闪发光。二楼亮堂得有点刺眼，对着山的北窗那边，天空的颜色却很奇怪，看起来像要下雨。两个八叠大的房间并在一起，凉爽的海风刮过，吹在皮肤上感觉很舒服。

“啊，风景真好。喂……”

小鹤倚着栏杆，回过头不知想和谁说话，忽然捂住了嘴，不再往下说了。因为她看到了矶吉。为了马上消除尴尬的气氛，增野照例用她那洪亮的声音说：

“来，老师坐这里。请您挨着松鸡。这边是小松。你们俩夹着老师坐，好好地聊个够吧。然后其他人就随便坐。”

老师感觉得到，这话听上去像信口说的，但增野的处理方式其实非常体贴。

“老师，大家都带着一年级学生的心情来欢迎您，所以……”

增野看了眼矶吉，也不再往下说，只是指了指壁龛。那里有一个明信片大小的镜框，斜着靠在木刻的小牛摆件上，里面正是当年在老松树下拍的照片。早苗简单地说了几句欢迎辞，增野马上接着说：

“来来，接下来大家也都别客气了，就像当初上一年级的时候那样吧。是吧，松鸡？”

毕恭毕敬坐着的矶吉笑嘻嘻地摸着膝盖。松江从刚才开始一直想抓住机会凑过来，这时赶紧挪到老师边上，盯着老师的脸看。

“老师，千里就拜托您费心了。当我听到这消息时，真的很开心很开心。虽然我没脸出现在老师面前，可就算别人再怎么瞧不起我，我也永远不会忘记老师的。那个便当盒，我现在还留着。可宝贝了。”

她拿出手帕擦眼睛，增野看到了赶紧插话打断她。

“小松你在说什么呀。还没喝酒呢，就一个人撒起酒疯了？快打住打住，别在老师面前说这些话了。咱们要像小时候那样！”

增野说着，啪地拍了一下松江的肩膀。松江转过身，开朗地说：

“所以，我才提起过去的事情。对不对，老师？战争期间我甚至把便当盒带进了防空洞，一直好好守着。只有这个便当盒，我不会给女儿。这是我的宝贝。对了，老师，今天我还用它装了米带来。”

“啊，差点忘了。”听了松江的话，吉次赶紧从国民服的口袋中掏出一个小布袋，递给增野，“给，这是我那份。”

“算了吧，吉精。你都带鱼来了呀。”

大石老师想，看来今天这个欢迎会是用大家带来的东西凑起来办的。她一边想一边听着松江的话。松江说的便当盒是怎么回事？竟然会带进防空洞，这么宝贝的到底是什么样的便当盒？

原来老师已经忘记那个百合花图案的便当盒的事了。

“小松，你说的便当盒是什么样的？”

老师小声问。松江一下子叫嚷起来。

“呀！老师，您都忘了？等等，我去拿给您看。”

松江立刻噔噔噔地跑下楼梯，不一会儿又噔噔噔地跑上来，拿着空便当盒在大家面前显摆，就像小娃娃在显摆这东西只有自己一个人有。

“怎么样？这便当盒是我上五年级时老师送的哦。大家觉得怎么样？怎么样？”

四下里立即响起一片欢笑声。

“老师，我看错人啦。真不知道您竟然那么偏爱小松。真不知道。”

增野的抗议又引起一阵笑声。但是，老师只是含着泪看着他们。

看到松江拿出来的便当盒，老师想起来了。松江一次也没用这便当盒带饭去学校。修学旅行时在码头前的小餐馆里，她看到松江在大声叫着“炸大虾乌冬面一份”。虽然时隔很久了，松江那时的神态却再一次浮现出来，与眼前的松江重叠在一起。可怜的松江，将不得不低头度过的可悲境况视作自己的耻辱，还为此而自卑……

菜一道一道送上桌，松江赶紧站起身，双手拿着啤酒和汽水，熟练地为大家斟满。增野见大家的杯子都满了，说：

"来，为了老师干杯！"

增野最先干了一杯，又把松江再次帮忙斟上的也干了，叹了一口气，说：

"啊，要是仁太和丸子也在这里就好了。那就没别的可说了，是吧，老师？松鸡、丸子、吉精、仁太，大家都是好人。竹一上了大学后，虽然有点装模作样，不过人挺好的。我们班不都是些好人吗？可是，男生都没得到什么好结果，女生也都成了老江湖。小鹤和早苗也算是老江湖吧。只不过最厉害的还是我和小松。可是，大家人都不坏。吃了很多苦，人情世故也懂了不少。像小美这样的贤妻，小鹤、早苗这样的老姑娘们做不到的事情，我们可都能办到。对吧，小松？咱们多喝点。"

说着，她给松江倒了杯啤酒。喝啤酒的只有她们两人。小鹤从一开始就坐在矶吉旁边，一样一样地帮他夹菜，照顾着他。松江不愧是松江，就像在自己工作的地方勤勤恳恳地工作般，一会儿站起一会儿坐下，帮忙上菜。吉次和从前一样，还是那么老实，默默地吃着喝着。早苗挨着他坐，笑着看向老师，说：

"老师，您有没有觉得，在这种场合，最没用的就是学校里的老师了？"

老师缩了缩身子，笑了。

"我也这么觉得。"

美佐子扭扭捏捏地说道，又引起一阵欢笑。增野已经醉醺醺了，她坐到矶吉旁边，让他拿起杯子。

“来，松鸡，为你当按摩师干一杯。”

大家这才发现矶吉从一开始就不是盘腿坐，而是板板正正地跪坐着。

“松鸡，大家都不讲究什么礼貌。你伸伸腿，随意坐吧。”

大石老师劝道。矶吉稍稍歪了下头，伸手摸了摸后脑勺。

“不了，老师。其实这么坐着更舒服。”

他曾梦想成为当铺掌柜，从十几岁就开始接受训练，膝盖早已练出来了。他现在年近三十了，接下来不得不锻炼的是那双手。他的双手早已变硬，在按摩师这条路上究竟能不能成功呢？但除此之外，他没有别的路可走。听说那位按摩师傅原本不想收他这位弟子。是增野死命拜托，他才顺利留下。增野简直就像对待自己的弟弟一般对待矶吉。

“松鸡，你瞎了双眼回来，大家都可怜你，在意你看不到东西，说话会顾忌你的感受。你要是被这点事打败了就完了。松鸡，别管人家叫你瞎子不瞎子的，你一定要心平气和地过下去。”

啤酒洒到矶吉的膝盖上，他赶紧喝干了，回敬增野一杯，说：

“小增，别瞎子瞎子地叫我，我心里都清楚。大家也别太在意我，随便聊吧。说说照片的事情，说说我这瞎眼。”

大家不由得相互看了看，笑了起来。松鸡这么说了之后，好像不把话题转到照片上不行了，于是大家拿起照片一个传一个地看。每个人都评论几句。不一会儿，照片传到了小鹤手上。小鹤毫不犹豫地将照片递给矶吉。

“给，老松树下的照片。”

也许借着酒意，矶吉举起照片放在眼前，好像完全能看见似的。坐在身旁的吉次看到他的神态，吓了一跳，似乎有了什么新发现。

“你能看到吗，松鸡？”

矶吉笑了。

“眼珠子都没有了，吉精。不过，这张照片还是能看到的。看，站在最中间的是老师。前面是我和竹一、仁太并排站着，老师的右边是小增，这边是富士子。小松双手握着，就露出左手小指。还有……”

矶吉很自信地用食指挨个将照片中的同学指给吉次看。慢慢地，出现了一些错位。大石老师赶紧替不善言辞的吉次回答。

“对、对，是这样的。就是这样的。”

老师用明朗的声音附和着，脸上流下一行行泪水。大家都静静地看着。早苗噌地站起来。醉醺醺的增野一个人倚着栏杆唱着：

“春夜高楼花宴开，杯觥交错月影来……”[①]

---

①《荒城之月》前两句。

增野唱着唱着，闭上了眼睛，好像沉浸在了自己美妙的歌声中。那是六年级的学艺会上，她作为压轴节目出场时独唱的歌，就是这首歌让她获得了盛名。早苗猛地搂住增野的背，抽抽搭搭地哭了。

后记

今年夏天，我再次在信州山中的旅馆里闭关，写完了这个故事。和去年写作《没有母亲的孩子和没有孩子的母亲》一样，在同一幢房子里同一个房间的同一个方向放了写字台。我拿起了笔，却无法像去年一样静下心工作。写到一半，有一天我看到报纸上报道了吉田首相在巡视越中岛的保安队总部时，对队员们训话“要重建国家军队的基础”。看到报纸上的这些照片和文字，我坐在桌前，感到无比痛苦，无法再静下心来。

在上一部作品《没有母亲的孩子和没有孩子的母亲》的后记中，我写道：“第二次世界大战让日本陷入了不幸，即便在战争结束六年后的今天，创伤的痛楚依旧还在持续。战争只会给人类带来不幸，这一点一直响彻在我的脑海中。”于是，我创作了那个故事。此后整整过去了一年，日本大致宣布了独立，其结果也影响到了我所在的这个山间旅馆，曾被接管的房子也返还到日本人手中，几乎见不到外国人的身影了。但是，这样就能说战争的创伤稍微愈合了吗？恢复军备的气息已越来越浓烈。

我总是希望自己能写快乐的故事，然而这次还是写了一个痛苦悲伤的故事。因为我不得不强调：战争只会给人类带来不幸。带着这个心愿写完后再重读，有些地方依然不尽如人意。为此，我必须感谢能如实接受我这种担忧，并帮忙出版的光文社的神吉晴夫先生。同时，也要感谢对我的作品进行解读与分析的坪田让治先生。

壶井荣

一九五二年冬

图书在版编目(CIP)数据

二十四只眼睛/〔日〕壶井荣著；张苓译.－海口：南海出版公司，2015.9
ISBN 978-7-5442-7916-1

Ⅰ.①二…　Ⅱ.①壶…②张…　Ⅲ.①长篇小说－日本－现代　Ⅳ.①I313.45

中国版本图书馆CIP数据核字(2015)第187034号

著作权合同登记号　图字：30-2015-054

二十四只眼睛
〔日〕壶井荣 著
张苓 译

出　　版　南海出版公司　(0898)66568511
　　　　　海口市海秀中路51号星华大厦五楼　邮编 570206
发　　行　新经典发行有限公司
　　　　　电话(010)68423599　邮箱 editor@readinglife.com
经　　销　新华书店

责任编辑　翟明明
特邀编辑　贺　静　胡圣楠
装帧设计　韩　笑
内文制作　田晓波

印　　刷　山东临沂新华印刷物流集团有限责任公司
开　　本　850毫米×1168毫米　1/32
印　　张　6.5
字　　数　115千
版　　次　2015年9月第1版
印　　次　2015年9月第1次印刷
书　　号　ISBN 978-7-5442-7916-1
定　　价　32.00元